Daniel Bock

HOREB

Roman

Umschlagfoto: Mount Horeb, Sinai von Francis Frith
(1822 - 1898). Zeichnung auf der ersten Seite: Sir Charles
William Wilson (1836 – 1905).

Erste Auflage.
Copyright © Daniel Bock, 2021.
ISBN: 9783754338612
Herstellung und Verlag:
BoD – Books on Demand, Norderstedt.

Alle Personen und Ereignisse, mit Ausnahme von Personen des öffentlichen Lebens sowie historischen Ereignissen, sind frei erfunden. Jede Ähnlichkeit mit lebenden Personen ist vollkommen unbeabsichtigt.

Für Marie.

I dreamed of 747s over geometric farms.
Dreams Amelia, dreams and false alarms.

\- Joni Mitchell, *Amelia*

Dschidda, 1979

"Was schon immer tot war, kann niemals sterben", sagte der Fahrer, als wir das Tor zum Camp der Hochtief AG passiert hatten. Keine vier Stunden zuvor waren die ersten Schüsse in der Großen Moschee gefallen, aber das konnte er zu diesem Zeitpunkt noch nicht wissen. Gregor nickte, obwohl er gar nicht zugehört hatte. Ich erwiderte nichts. Im Wagen roch es nach Zimt und ich hatte Lust auf eine Zigarette.

Das Erste, was ich tat, als wir an den Wachen vorbei waren, war das Taschentuch, das ich mir bei der Einreise noch schnell um den Kopf gebunden hatte, wieder abzunehmen und in meiner Hosentasche zu verstauen. Obwohl mich Johannes extra darauf hingewiesen hatte, dass jetzt, wo Khomeini überall seinen Einfluss spielen ließ, mit ausländischen Frauen in Saudi-Arabien strenger umgegangen wurde ("Kopftuch und lange Kleider sind außerhalb des Camps Pflicht. Drinnen ist es aber egal"), hatte ich es in Berlin versäumt, mir noch ein vernünftiges Kopftuch zuzulegen und musste daher auf mein Taschentuch zurückgreifen. Zum Glück war es trotz der langen Reise noch recht sauber.

Das Camp befand sich ungefähr siebzig Kilometer nördlich der Hafenstadt Dschidda im Westen Saudi-Arabiens und trug den einfallslosen Namen New Jeddah International Airport Camp. Die Essener Baufirma Hochtief hatte das Camp errichtet, nachdem sie von den Saudis den Zuschlag für den Bau des größten Flughafens der Welt erhalten hatte. Und irgendwie sah es auch nach Essen aus:

eine deutsche Arbeiterstadt inmitten der Wüste - inklusive Freibad, Kino und Kegelbahn. Bungalows standen dicht an dicht auf dem trockenen Boden, blonde Kinder gingen in kurzen Hosen in die Camp-eigene Schule, während die Männer den Flughafen bauten und die Mütter die Häuser aufräumten oder in der Verwaltung arbeiteten. Da Mekka und Medina für Nichtmuslime gesperrt sind und die Haddsch bei unserer Ankunft gerade erst endete, war es aussichtslos, einen vernünftigen Schlafplatz im Umkreis von hunderten von Kilometern zu finden, also fragten wir Johannes, ob wir nicht bei ihm im Camp unterkommen könnten. Johannes ließ ein paar Kontakte spielen und teilte uns wenige Tage später mit, dass es klappen würde. Wir besorgten die Visa, buchten unsere Flüge und kamen am Morgen des 20. November 1979 an.

Nachdem der Wagen vor Johannes Bungalow zum Stehen gekommen und der Fahrtwind abgeklungen war, wurde uns schnell wieder heiß. Gregors Hemd war nass und an den wenigen trockenen Stellen zeichneten sich Salzflecken ab. Auch seine Haare waren feucht und ihm blieb nichts anderes übrig, als sie nach hinten zu legen. Während wir in Berlin schon an den Minusgraden kratzten, hatte es hier noch über dreißig Grad. Zum Glück gab es im Camp Klimaanlagen.

"Da seid ihr ja endlich!", rief Johannes, der unter dem Vordach des Bungalows auf einem weißen Plastikstuhl saß und rauchte. Er trug kurze Hosen und ein T-Shirt der Band Television. Seit wir uns das letzte Mal gesehen hatten, hatte er sich einen Schnurrbart stehen lassen, der ihm nicht sonderlich gut stand (in Berlin waren Schnurrbärte schon durch). Wenigstens hatte er in den Wochen hier unten eine gesunde Gesichtsfarbe bekommen.

"Ich hab schon vor Stunden mit euch gerechnet. Was habt ihr denn noch so lang getrieben?"

"Der Flieger hatte Verspätung", antwortete ich, während ich meine Jeans richtete, die von der Rumsitzerei im Wagen an der Haut zwickte.

"Immer das Gleiche…", fügte Gregor an und holte dabei unsere Reisetaschen aus dem Kofferraum.

Wir bedankten uns bei dem Fahrer, dann gingen wir zu Johannes hinüber. Er beugte sich zu mir herunter und gab mir einen Kuss auf die Wange. Danach umarmte er Gregor.

"Gut seht ihr aus! Hast du was mit deinen Haaren gemacht, Klara?"

Außer sie zwei Tage lang nicht zu waschen, hatte ich nichts mit meinen Haaren gemacht.

"Ich bitte dich", erwiderte ich. "Beschissen sehen wir aus."

"Ach Klara, fishing for compliments much?", machte sich Johannes über mich lustig. Dann legte er seinen Arm um mich und gab mir noch einen Kuss. "Aber kommt erstmal rein. Ich zeig euch das Haus und geb euch was zu trinken. Hier unten muss man auf seinem Wasserhaushalt achten, wisst ihr."

Johannes nahm meine Tasche und betrat den Bungalow. Gregor und ich gingen hinterher.

Der Bungalow bestand aus einem Hauptraum, der Wohnzimmer und Küche in einem war, einem Badezimmer und einem Schlafzimmer. Im Hauptraum stand ein braunes Sofa, ein brauner Tisch sowie ein brauner Fernsehschrank; die Küchenmöbel waren weiß und mit orangefarbenen Elementen (Türgriffe, Sitzpolster) versehen. Das Einzige, was das biedere Bild etwas auflockerte, waren Johannes Bücher, Zeitungen und Notizblöcke, die überall herumlagen. Im Haus war es angenehm kühl.

"Setzt euch. Habt ihr Hunger?", fragte Johannes und zog zwei Stühle am Küchentisch heraus.

"Nee, lass mal", antworte Gregor. "Irgendwie ist mir übel. Im Flieger gab's ganz garstige Brote. Ich glaub, ich brauch erstmal nen Kaffee. Du hast Kaffee da, oder?"

"Aber natürlich, mein Lieber! Die besten arabischen Bohnen. Von der Marke habt ihr im hohen Norden mit Sicherheit noch nichts gehört. Nennt sich *Die Krönung.*"

Gregor lachte. Ich nicht.

"Ich nehm auch erstmal nur nen Kaffee", antwortete ich und steckte mir eine Zigarette an.

"Ach, Kinder… ich hab extra Datteln für euch besorgt!"

"Extra für uns?"

"Vielleicht nicht *extra* für euch. Aber ich hab welche da, wenn ihr wollt."

"Später vielleicht."

Gregor und ich setzten uns an den Tisch, während Johannes Wasser in die Kaffeemaschine füllte. Dann nahm er ein paar Gläser aus dem Schrank und schenkte uns Wasser ein. Das Wasser schmeckte nach Chlor.

"Wie war die Reise?"

"Anstrengend. Ich weiß nicht, wie du das ständig aushältst", antwortete Gregor, der von der Fliegerei durch die Nacht noch erschöpfter war als ich.

"Übung, alles Übung. Und viel Koffein natürlich!"

"Ich bezweifle, dass ich mich daran gewöhnen könnte."

"Ach komm: Vierzehn Stunden Reisezeit ist doch noch gar nichts."

"Lang genug."

"Mach mal Indochina oder Südamerika, mein Lieber. Dann weißt du, was lang genug ist."

"Ich passe."

"Wie läuft's bei dir? Was macht die Story?", fragte ich.

Johannes sah mich skeptisch an. "Willst du es wirklich wissen?"

"Sicher."

Der Grund warum Johannes schon seit Wochen im Camp lebte, war der, dass er eine Story über das Camp-Leben für den Spiegel schrieb. Sein Aufenthalt war eigentlich auf zwei Wochen beschränkt gewesen, doch vier Tage bevor Johannes zurück nach Deutschland wollte, verschwand ein Bewohner und Mitarbeiter der Hochtief über Nacht. Zunächst ging man davon aus, dass sich dieser in irgendeiner illegalen Bar betrunken hatte und im Gefängnis gelandet war, aber man fand schnell heraus, dass dem nicht der Fall war. Keine fünf Tage später verschwand dann ein zweiter Mitarbeiter und am Tag darauf ein dritter. Man spekulierte, dass die Männer vielleicht entführt wurden, in der Hoffnung, Lösegeld von der Bundesregierung oder der Hochtief zu erpressen, aber niemand bekannte sich zur Tat. Als wir an diesem Morgen im Camp ankamen, war Johannes schon fast sechs Wochen unten und von den Männern fehlte weiterhin jede Spur. Johannes war sich sicher, dass er an einer ganz heißen Story dran war.

"Also ich geh momentan verschiedenen Spuren nach", sagte Johannes, während er die Kanne aus der Maschine holte. "Neulich hat mir jemand gesteckt, dass einer der Männer in Beirut gesehen wurde. In einem Bordell. Wo auch sonst?"

"Ach?"

"Jaja. Zunächst dachte ich: Unwahrscheinlich. Dort ist ja momentan Bürgerkrieg. Aber dann hab ich ein Foto zugeschickt bekommen und, nun ja, der Mann auf dem Foto sieht einem der Vermissten schon arg ähnlich."

"Und? Willst du hoch fahren?"

"Erstmal nicht. Gerade bin ich noch an was anderem dran: Es könnte nämlich sein, dass die drei Herren ins Alkoholschmuggel-Geschäft eingestiegen sind und es sich mit jemandem verscherzt haben."

"Alkoholschmuggel?"

Johannes stellte eine Tasse vor mich hin. Ich nahm einen Schluck.

"Ganz recht. Über Jordanien kommt momentan viel ins Land und die drei sollen ein paar Mal Ausflüge nach Akaba unternommen haben."

"Was hätten sie davon?"

"Was meinst du? Geld natürlich! Das hätten sie davon."

"Aber verdienen die hier nicht schon genug?"

"Schon. Viele gehen hier im Monat mit fünftausend, sechstausend Mark raus. Aber du weißt doch, wie wir Menschen sind: Ist halt nie genug!"

"Nee, genug ist nie…", bestätigte Gregor vom Badezimmer aus, wo er gerade sein Hemd wechselte.

"Leben deren Familien auch hier?"

"Die sind in Deutschland. Alle drei kommen aus Hamburg."

"Verstehe. Komische Geschichte."

"Brauchst du mir nicht zu erzählen. Aber jetzt sag: Wie ist der Kaffee?"

"Exotisch."

"Das sollten sie auf die Packung drucken: *Die Krönung. Schmeckt exotisch.* Habt ihr eigentlich an mein Mitbringsel gedacht?"

Johannes zwinkerte mir zu und grinste dabei dämlich.

"Was blieb uns anderes übrig? Wir können uns doch nicht den Gastgeber verprellen."

Ich bückte mich, öffnete meine Tasche, holte eine Thermoskanne heraus und stellte sie auf den Tisch. Johannes schnappte sie sich und schaute hinein. Ich hatte ihm ein paar Gramm Gras (in einem Gefrierbeutel eingewickelt und in der Kanne verstaut) mitgebracht.

"*Jawohl!* Ihr seid die besten! Ehrlich!"

Johannes hatte nun ein noch dämlicheres Grinsen auf dem Gesicht.

"Dass du es nur nicht vergisst: Wir haben für dich unser Leben riskiert!"

Johannes betrachtete die Tüte und kniff dabei ein Auge zu.

"Nee, das nun nicht gerade."

Es waren vielleicht zehn Gramm in der Tüte.

"Aber ein paar Peitschenhiebe wären sicher drin gewesen. Wollen wir einen rauchen?"

"Klar. Warum nicht?", erwiderte Gregor, der sich mittlerweile auch wieder an den Tisch gesetzt hatte. "Aber vorher brauch ich noch nen Kaffee. Reichst du mir mal die Kanne, Jo?"

Ich nahm ebenfalls noch ein paar Schlücke, merkte aber, dass der Kaffee nicht gegen die schlaflose Nacht ankam.

"Wenn ihr kiffen geht, leg ich mich hin. Ich bin ganz schön fertig."

"Klar. Ich hab euch das Bett schon fertig gemacht."

"Das Sofa ist auch okay."

"Du kannst dich natürlich auch aufs Sofa legen. Das Bett ist aber bequemer. Glaub mir!"

"Okay. Dann nehm ich das Bett."

Ich nahm mir mein Notizbuch, ging ins Schlafzimmer und legte mich hin. Das Bettzeug roch blumig und war frisch gewaschen. So viel Aufmerksamkeit hatte ich Johannes gar nicht zugetraut. Eine Weile hörte ich den beiden zu, wie sie sich im Nebenzimmer unterhielten, doch irgendwann schlief ich ein. Ich träumte nicht.

Als ich aufwachte, war es bereits wieder dunkel. Draußen auf den Straßen kamen die Männer von der Arbeit und wurden von ihren Familien begrüßt. Der Geruch von Bratwurst zog herein und irgendein Nachbar spielte laut die Bee Gees. Aus dem Wohnzimmer kamen keine Geräusche, nur die Klimaanlage surrte vor sich hin - Gregor und Johannes waren ausgegangen. Ich ging in die Küche und schenkte mir ein Glas Wasser ein, da mein Mund ganz trocken war. Danach holte ich Gregors Kassettenrekorder aus seiner Tasche und stellte ihn auf den Wohnzimmertisch. Ich wollte mir noch einmal die letzten Aufnahmen des Professors anhören. Er hatte ein paar Kassetten für uns aufgenommen, da er (zu Recht) befürchtete, wir könnten seine Handschrift in den Notizbüchern nicht entziffern, und es ihm zu müßig war, die Texte abzutippen.

Eigentlich wollten Gregor und ich unsere Flitterwochen in Florida verbringen, da meine Eltern nicht zu unserer Hochzeit kommen konnten („zu kurzfristig!"). Sie waren Ende 78 in die Nähe von Tampa gezogen, da sie, wie sie sagten, es nicht länger in Deutschland aushielten („das Wetter und die Leute!"). Florida interessierte mich zwar nicht sonderlich, aber Gregor war noch nie in den Vereinigten Staaten gewesen und hatte Lust darauf, und auch ich hatte nichts gegen ein paar Tage Strand einzuwenden. Doch dann kam alles anders.

Unser Professor wurde zwei Tage nach unserer Hochzeit ins

Krankenhaus eingeliefert. Seit Wochen hatte er sich schon über Sehstörungen und Kopfschmerzen beklagt, nahm aber an, dass er einfach nur eine neue Brille brauchte. Dann brach er während einer Vorlesung zusammen. Die Ärzte brauchten nicht lang, um festzustellen, dass ein Golfball-großes Glioblastom in seinem Gehirn gewachsen war. Ein Eingriff war nicht möglich. Die Ärzte gaben ihm noch ein paar Monate. Seine Frau, die wir von Sommerfesten kannten, rief uns ein paar Tage später an. Sie erzählte uns von der Diagnose und lud uns auf einen Kaffee zu ihnen in die Wohnung am Ernst-Reuter-Platz ein. Obwohl wir eigentlich mit der Vorbereitung für die Hochzeitsreise beschäftigt waren, sagten wir selbstverständlich zu.

Als wir in ihrer Wohnung ankamen, saß der Professor bereits am gedeckten Wohnzimmertisch. Überall in der Wohnung lagen Bücher herum und es gab keine Wand, an der kein Bücherschrank stand. Einen Fernseher hatten die beiden nicht.

"Schön, dass ihr die Zeit gefunden habt", sagte er, als wir das Wohnzimmer betraten. Er stand auf und reichte uns die Hand. Er sah gut aus. Viel besser als ich befürchtet hatte. Aber was sollte sich auch geändert haben? Den Tumor trug er ja schon seit einer Weile mit sich herum.

"Herr Professor, eine Einladung von Ihnen können wir doch nicht abschlagen. Wo kämen wir denn da hin?", erwiderte ich.

"Es tut uns so leid...", sagte Gregor.

"Jajaja. Kein Mitleid bitte! Das wird mich auch nicht retten", sagte der Professor, schmunzelte und schaute dabei hinüber zu seiner Frau. Sie fand das nicht so witzig.

Nachdem wir uns gesetzt hatten, schenkte uns seine Frau Kaffee ein und tat uns Stücke Schwarzwälder Kirschtorte auf die Teller. Eine Weile plauderten wir über Nebensächliches. Die beiden erzählten uns von ihren Patenkindern (sie hatten keine eigenen Kinder), die im Sommer ihr Abitur gemacht hatten, aber immer noch nicht wussten, was sie studieren sollten, was die beiden aber nicht schlimm fanden; sollen doch die jungen Leute erst einmal schauen.

"Und überhaupt", fügte die Frau des Professors an. "Was habt ihr euch eigentlich dabei gedacht, zu heiraten? Dafür seid ihr doch noch viel zu jung! Wie alt bist du jetzt, Klara?"

"23."

"Du bist doch verrückt!"

Ich wusste nicht, was ich erwidern sollte.

"Jetzt lass die doch, Susann! Wenn sie unbedingt wollen. Scheiden lassen können sie sich ja immer noch", sagte der Professor. Gregor und ich schauten auf unsere Teller.

"Außerdem habe ich euch nicht hierher eingeladen, um eure Beziehung zu besprechen."

"Sondern?", fragte Gregor, der mit dem ersten Stück Torte bereits fertig war.

"Nun, da ich nicht mehr lange forschen kann und sich Gregor dazu entschlossen hat, über das Thema seine Dissertation zu schreiben, würde ich euch gern meine Aufzeichnungen zum Horeb anvertrauen. Ich bin zu ein paar Erkenntnissen gekommen, die euch sicherlich interessieren…"

Seine Erkenntnisse interessierten uns in der Tat. So sehr, dass das Erste, was wir machten, als wir am Abend ihre Wohnung mit einer Tasche voller Kladden und Kassetten wieder verlassen hatten, war, zum Reisebüro zu fahren und unsere Reise in die Vereinigten Staaten zu stornieren.

Als Gregor und Johannes mitten in der Nacht zurückkamen, lallten sie und rochen nach Alkohol. In den Händen hielten sie fast leere Cola-Flaschen und angerauchte Zigaretten.

"*Klaraaaaaaa!*", rief Johannes, als er die Wohnung betrat und mich auf dem Sofa sah. "Wo warst du denn?"

"Wie bitte? Wo soll ich denn gewesen sein? Ich war hier natürlich."

"Aber wir hatten dir doch eine Notiz geschrieben! Dass wir beim Freibad auf dich warten!"

"Was?"

Johannes ging hinüber zur Kaffeemaschine, hob einen Zettel hoch und wedelte damit herum.

"Scheiße! Hab ich übersehen. Tschuldige!"

"Naja", sagte Johannes und setzte sich neben mich. "Wirst in den nächsten Tagen schon noch zum Freibad kommen."

Er hielt mir die Cola-Flasche hin und ich nahm einen Schluck. Es schmeckte fürchterlich.

"Igitt! Was ist das denn?"

"Der Freund mit Cola."

"*Der Freund?*"

"So nennt man den hier unten. Ist selbstgebrannter. Kann man machen, finde ich."

"Ich finde nicht", sagte ich und musste mich schütteln. "Hat jemand von euch eine Zigarette?"

"Sicher", sagte Johannes und reichte mir eine seiner HB.

Ich zündete sie mir an und nahm dann noch einen Schluck von dem *Freund mit Cola*.

"So, und jetzt erzählt mal: Was will denn unser lieber Professor diesmal von euch?"

Auch Johannes kannte den Professor. Er und Gregor hatten gemeinsam angefangen zu studieren. Während Gregor jedoch sein Diplom machte und an der Universität blieb, um weiter zu forschen und irgendwann zu dissertieren, brach Johannes ab und ging zu Reuters. Lange hielt er es allerdings nicht in Anstellung aus und fing rasch an, als freier Journalist zu arbeiten. Er veröffentlichte im Natural Geographic, Gentleman's Quarterly, dem Spiegel und noch ein paar anderen. Als wir die Notizen des Professors durchgingen und uns klar wurde, dass wir nach Saudi-Arabien mussten, meldeten wir uns zuerst bei Johannes. Natürlich würde er uns helfen, sagte er. Er sei ja eh momentan hier. Kein Problem. Trotzdem ließ er es sich nicht nehmen zu fragen, ob wir noch ganz bei Trost seien, gerade zur Haddsch ins Land zu wollen.

"Hat es dir Gregor nicht erzählt? Was habt ihr denn die ganzen Stunden über getrieben?"

"Hör mal: Wir werden uns doch wohl auch mal über Fußball unterhalten können. Jetzt wo Leverkusen in der Bundesliga ist, gibt's viel zu besprechen."

Ich schüttelte den Kopf.

"Geht's denn immer noch um den Horeb?", fügte Johannes an.

"Ja", antwortete ich.

"Herrjemine! Dass ihn das nicht in Ruhe lässt. Und wieso schickt er euch hierher? Wie geht's dem eigentlich?"

Gregor und ich schauten uns verwundert an.

"Was meinst du?", fragte Gregor. Seine Augen dabei ein wenig vom Alkohol verdreht.

"Naja, wieso kommt er nicht selbst runter?"

"Er ist *tot*, Jo!"

Johannes schaute auf, zuerst mir und dann Gregor in die Augen. "Ach hört auf!"

"Das hab ich dir doch geschrieben!", sagte Gregor.

"*Was?* Du hast nur gesagt, dass ihr für den Professor was zu Ende bringen wollt. Für deine Dissertation."

"Ich hatte es anders formuliert."

"Wie auch immer. In jedem Fall habe ich daraus nicht rauslesen können, dass er gestorben ist."

"Tja..."

"Dios mio! Armer Kerl. Auf den Professor!"

Johannes nahm einen großen Schluck aus der Flasche und reichte sie danach mir.

Wir saßen noch eine Weile im Wohnzimmer herum, redeten und tranken den Fusel. Irgendwann schlief Johannes ein und Gregor und ich gingen ins Bett. Gregor versuchte mit mir zu schlafen, aber ich schob ihn weg; er roch fürchterlich und ich hatte ich keine Lust. Es dauerte nicht lang und auch er war eingeschlafen.

Zum ersten Mal wurde ich wach, als jemand an die Haustür klopfte. Johannes unterhielt sich mit der Person, ich konnte allerdings nicht verstehen, worüber. Ich schlief rasch wieder ein. Das zweite Mal wurde ich wach, als Johannes im Schlafzimmer stand. Er trug seine Sonnenbrille und die selben Sachen, die er am Vortag getragen hatte. Er rauchte und um den Hals trug er seine Minolta.

"Hört mal, ihr Schlafmützen", sagte er leise. "Steht mal bitte auf. Gibt was Wichtiges."

Als Gregor und ich uns aus dem Bett gehoben und ins Wohnzimmer begeben hatten, stand schon frisch gebrühter Kaffee bereit.

"Du bist ja früh auf", sagte ich und schenkte mir eine Tasse ein.

"Ich hab vorhin ein Telegramm erhalten. In Mekka ist was passiert."

"Was denn?", fragte Gregor und gähnte.

"Es gibt ne Geiselnahme in der Großen Moschee."

"Bitte *was*?"

"Ja. Gestern früh, kurz nach fünf Uhr, hat sich eine Gruppe schwer bewaffneter junger Männer - man spricht von mehreren hundert! - während des Gebets an der Kaaba aus der Menge gelöst, die Tore zur Moschee geschlossen und alle, die sich darin befanden, als Geiseln genommen."

"Jetzt hör auf!"

"Über die Lautsprecher sollen sie verkündet haben, dass der Erlöser, der kurz vor dem Jüngsten Gericht Gottes Ordnung auf Erden herstellen wird, erschienen sei, und nun fordert, dass der saudische König und seine Regierung abdankt, damit ein Gottesstaat hier errichtet werden kann."

"Ist nicht dein ernst, oder?"

"Doch. Viel mehr weiß ich aber auch nicht. Eine Ausgangssperre wurde verhängt und die Telefonleitungen gekappt. Man kommt momentan nicht wirklich an Informationen."

"Sind denn noch so viele Pilger da? Ich dachte, die Haddsch ist mittlerweile vorbei?"

"Vorbei, ja. Aber zum einen dauert es natürlich bis die Leute abreisen - viele können sich den Trip nach Mekka nur leisten, wenn sie danach noch ein paar Sachen aus ihrer Heimat auf den Märkten verkaufen -, zum anderen beginnt nach dem islamischen Kalender heute das Jahr 1400. Eine hohe Anzahl der Pilger ist noch in Mekka, um den Beginn des neuen Jahrhunderts zu feiern. Außerdem kommen viele Einheimische zum Neujahr zur Großen Moschee."

"Scheiße."

"Hört mal: Ich werd versuchen, irgendwie nach Mekka zu kommen. Die Story ist gerade wichtiger als das Verschwinden der Hochtief-Mitarbeiter."

"Und wie willst du das anstellen? Das ist doch total gefährlich!"

"Keine Ahnung. Ich werd mich erst einmal mit einem marokkanischen Kontakt treffen. Vielleicht schaff ich es auch nicht und dann bin ich morgen wieder zurück. Wir können jetzt sowieso nicht zu unserer Rundreise aufbrechen. Ist zu viel los. Frühestens in ein paar Tagen. Bis dahin bin ich sicherlich wieder hier. Haltet ihr es so lange ohne mich aus?"

"Klar", erwiderte Gregor. "Aber pass ja auf dich auf!"

"Okay, spitze! Yoghurt, Fladenbrot und Datteln sind im Kühlschrank. Wenn ihr was anderes braucht, unten gibt's ein paar Geschäfte. Ich hab die gestern schon Gregor gezeigt", sagte Johannes und packte dabei eilig seine Tasche mit Notizbüchern, Stiften, Klamotten und Kamerazubehör voll.

"Und hört mal: Ich werd den Käfer nehmen. Solltet ihr für irgendetwas einen Wagen brauchen, ich hab noch die Schlüssel für den Land Rover, der draußen vor der Tür steht. Die sollten in der Schublade beim Besteck liegen."

"Wo hast du den denn her?", fragte Gregor.

"Der Land Rover gehört nen Bekannten von mir. Ist kein Problem, wenn ihr euch den ausleiht."

"Lebt der Bekannte auch hier?"

"Nee, nee. Philip ist Amerikaner. Der ist im Osten des Landes aufgewachsen. In einem ganz ähnlichen Camp wie diesem, nur dass das von der Arabian-American Oil Company errichtet worden ist."

"Ach?"

"Jaja. Die haben sogar nen Namen. Sie nennen sich untereinander die Aramco Brats."

"Amerikaner sind so seltsam…"

"Nicht seltsamer als die Saudis oder die Deutschen."

"Also wird er den Wagen nicht vermissen?"

"Keine Sorge. Nehmt ihn einfach. Er ist sowieso nicht im Land. Das letzte Mal, dass ich ihn gesprochen hab, wollte er in die Vereinigten Emirate. Ach ja: Und vergesst nicht, dass Klara nicht fahren darf. Ist verboten! Muss Gregor machen."

"Verstanden."

Nach nur fünf Minuten war Johannes fertig mit dem Packen, hatte sich verabschiedet und war aus dem Haus. Gregor und ich schauten ihm hinterher. Wir hatten beide noch nicht einmal unsere erste Tasse Kaffee getrunken, während Johannes bereits zu seinem nächsten Abenteuer unterwegs war.

"Naja, dann haben wir wenigstens ein bißchen Zeit für uns", sagte Gregor, ohne mich dabei anzusehen.

Ich blieb auf der Veranda, rauchte und dachte eine Weile an nichts. Ab und zu kamen andere Camp-Bewohner vorbei, die mich freundlich grüßten und die ich freundlich zurück grüßte, zu längeren Gesprächen kam es aber nicht. Irgendwann holte ich ein paar Notizbücher des Professors und blätterte darin herum.

Die meisten Forscher gehen davon aus, dass der Berg Horeb, an dem Moses laut dem Exodus seinem Gott begegnete und dessen Zehn Gebote entgegennahm, gleichbedeutend dem Berg Sinai ist, der sich auf der Sinai-Halbinsel befindet. Das macht vor allem dann Sinn, wenn man davon ausgeht, dass sich das ebenfalls im Exodus beschriebene "Schilfmeer", durch das Moses die Israeliten auf der Flucht vor den Ägyptern führte, am nördlichen Ende des Golf von Suez, also dem linken Arm des Roten Meeres, befindet. Obwohl diese Theorie die wohl weitverbreitetste ist, ist sie nicht unumstritten: Manche behaupten, dass der Berg Serbal (ebenfalls auf der Sinai-Halbinsel und nordöstlich vom Berg Sinai gelegen) der wahre Horeb ist; andere behaupten, der Horeb würde sich in der Negev-Wüste befinden. Es gibt aber auch die Theorie, dass das "Schilfmeer" nicht den Golf von Suez meint, sondern den rechten Arm des Roten Meeres - den Golf von Akaba. Sollte dem so sein, dann würde sich der Horeb nicht im heutigen Ägypten, sondern in Saudi-Arabien befinden. Ich hörte zum ersten Mal von dieser Theorie in einer Vorlesung unseres Professors. Er beschäftige sich schon seit Jahrzehnten mit dem Thema und kam im Zuge seiner Forschungen zu einigen interessanten Erkenntnissen. Auch ich begann mich für dieses Thema zu interessieren und fragte den Professor darüber so oft und gut ich konnte aus. Er merkte schnell, dass ich eine Leidenschaft für das Thema entwickelte und unterstütze mich bei kleineren Arbeiten, die ich darüber schrieb. Vieles, was ich mir selber erarbeitet hatte, wollte ich mir allerdings für meine Diplomarbeit aufheben. Doch dann kam alles anders: Gregor sprang bei der Frage, über was er seine Dissertation schreiben wollte, schon seit Monaten hin und her. Nichts schien ihn so richtig zu begeistern; zumindest nicht länger als ein paar Wochen. Auch Gregor verstand sich gut mit dem Professor, war aber weitaus weniger mit ihm befreundet. Trotzdem fing auch er an, sich regelmäßig mit ihm zu treffen. Ich dachte mir nichts dabei und fragte nicht nach. Ein Fehler, denn eines Abends eröffnete mir Gregor, mehr oder weniger aus dem Blauen heraus, dass er sich dazu entschieden hätte, über den Horeb zu dissertieren. Zunächst dachte ich, dass er sich einen Scherz erlaubt - immerhin war der Horeb *mein* Thema und der Professor *mein* Freund! -, aber es war kein Scherz; Gregor meinte es ernst. Ein paar Wochen sprachen wir kein Wort miteinander, so sehr hasste ich ihn dafür, aber irgendwann sah ich ein, dass mir kaum etwas anderes übrig blieb, als seine Entscheidung zu akzeptierten. Was sollte ich denn machen? Verbieten konnte ich es ihm ja nicht. Außerdem, sagte Gregor, könne ich ihm *ja gern dabei helfen.* Er würde sich *sehr über meine Hilfe freuen.* Dann gab er mir noch zu bedenken, dass das Thema für ein Diplom sowieso zu groß und es bei ihm in besseren Händen sei. Blödes Arschloch.

✳

Am Nachmittag nahm ich mir mein Handtuch und lief die Mekka-Road hinunter zum Freibad. Es war heiß und das Freibad war voll. Die kleineren Kinder, die noch nicht in die Schule gingen, waren im Wasser, während ihre Mütter unter Sonnenschirmen lagen und sich miteinander unterhielten. Da mir aufgrund von Vitiligo an Armen und Beinen von meinem Arzt verboten war, mich längere Zeit in der offenen Sonne aufzuhalten, ging ich zu einem der Sonnenschirme, unter dem noch Platz war, und fragte die zwei Frauen, die bereits darunter lagen, ob es okay sei, wenn ich mich dazu setzte.

"Aber sicher", sagte die jüngere der beiden und lächelte. Sie war kaum älter als ich.

Als ich mein Handtuch ausgebreitet und meine Jeans ausgezogen hatte, fragte sie: "Haben Sie schon gehört? Die Geiselnahme?"

"Ja", erwiderte ich. "Schrecklich, oder?"

"Das können Sie laut sagen. Die armen Pilger! Aber ich sag Ihnen was: Da steckt der Khomeini dahinter. Darauf können Sie Gift nehmen!"

"Ach?", erwiderte ich lustlos. Ich war wirklich nicht in der Stimmung, mich über Politik zu unterhalten. Der Horeb ging mir im Kopf herum.

"Glauben Sie mir! Der wittert seine Chance. Erst Persien, dann Arabien."

"Wissen Sie, ich kenn mich da gar nicht so gut aus…"

"Ich will Sie auch nicht damit belästigen. Ich heiße übrigens Maraike. Und das hier ist Heike", sie zeigte auf die Frau neben sich, die mir daraufhin zulächelte. "Maraike und Heike. Leicht zu merken."

"Klara. Freut mich."

Ich gab beiden die Hand.

"Wo arbeitet Ihr Mann?", fragte Maraike, als ich die Sonnencreme aus meiner Tasche holte.

"Mein Mann?", wunderte ich mich kurz, bevor ich wieder realisierte, dass dies ja eigentlich ein Arbeiter-Camp und kein Urlaubsresort war. "Mein Mann arbeitet nicht hier. Wir sind zu Gast bei Johannes Lindner."

"Vom *Journalisten*?", fragte Maraike ganz enthusiastisch. Anscheinend hatte sich Johannes bereits bekannt gemacht.

"Ja. Alte Freunde. Kennen uns noch aus dem Studium."

"Sind Sie etwa auch Journalist?"

"Nein, nein. Historikerin."

"Historiker? Die haben wir hier nicht oft. Vielleicht kann ich Sie mal mit ein paar von unseren Geschichtslehrern aus der Schule bekannt machen. Also, wenn Sie das interessiert."

Es interessierte mich nicht, aber aus Höflichkeit erwiderte ich: "Gern. Danke!"

"Wie lange bleiben Sie denn?", fragte sie und nahm zum ersten Mal ihre Sonnenbrille ab.

"Eigentlich nur ein paar Tage. Wir wollten morgen weiter ins Landesinnere. Aber Johannes will nun erst einmal mehr über die Geiselnahme erfahren."

"Ein paar Tage? Aber das lohnt sich doch gar nicht! Ein paar *Wochen* müssen Sie hier bei uns Urlaub machen."

"Wir - also ich und mein Mann - sind mehr oder weniger beruflich hier."

"Verstehe. Ist Ihr Mann auch Historiker? Oder macht er in Öl?"

"Auch Historiker."

"Wahnsinn! Dann haben Sie ja bestimmt ganz interessante Gespräche."

Ich wusste nicht, was ich darauf erwidern sollte, also sagte ich: "Wie man's nimmt. Und Sie? Was machen Sie?"

"Wir können uns doch eigentlich duzen, oder?"

"Sicher", antwortete ich. "Also, was machst *du* hier?"

"Naja, hergekommen bin ich wie wahrscheinlich alle hier wegen meinem Mann. Aber ich arbeite auch in der Verwaltung. Mit irgendwas muß man sich ja beschäftigen", sagte sie und fing an zu lachen.

"Beschäftigung ist wichtig. Aber Sie - tschuldige ihr - habt es ja ganz schön hier."

"Ach ja, schön ist es. Aber es ist auch *sehr* heiß. Jetzt wo der Winter kommt, wird es erträglich. Im Sommer hält man es wirklich kaum aus."

Mir war es selbst Ende November noch zu heiß.

"Und das Camp erschöpft sich natürlich. Für ein paar Monate ist es gut und schön, aber wir sind jetzt schon seit zwei Jahren hier. Langsam reicht's. Ich will wieder dahin, wo es schneit."

"Wo bist du her?"

"Unterfranken. Und selbst?"

"Berlin."

"Berlin? Ach wie schön! Da erlebt man bestimmt einiges."

"Ja", sagte ich, obwohl ich - vor allem im Vergleich zu unseren Freunden - eigentlich recht wenig erlebte.

"Hör mal: Ich muss gleich meinen Großen von der Schule abholen. Wenn du willst, dann komm doch heute Abend mit deinem Mann bei uns vorbei - wir grillen. Gibt Wurst aus Deutschland!"

Sie holte einen Notizblock aus ihrer Tasche und schrieb mir ihre Adresse auf.

"Um acht Uhr geht's los. Die Heike kommt auch."

"Ähm... klar", erwiderte ich und steckte den Zettel weg. "Danke."

Als nach ein paar Minuten Maraike mit ihrem jüngeren Kind verschwunden war, sagte ihre Freundin Heike: "Du musst sie entschuldigen. Manchmal kann sie ein wenig aufdringlich sein."

So aufdringlich fand ich sie gar nicht. Ich steckte mir noch eine Zigarette an, während es langsam anfing zu dämmern.

Ich las noch eine Weile, dann ging auch ich los. Ein starker Wind war aufgekommen, der den Sand aufwirbelte und einem in die Augen wehte, also behielt ich meine Sonnenbrille auf. Überall waren um diese Uhrzeit die Familien wieder beisammen. Während die Kinder draußen vor dem Haus spielten oder Fahrrad fuhren, standen die Eltern mit ihren Nachbarn zusammen und unterhielten sich.

Als ich Johannes Bungalow betrat, sah ich wie Gregor oberkörperfrei vor dem Spiegel stand und sich betrachtete. Er hatte zugenommen im letzten Jahr, was auch ihm aufgefallen war. Ich klopfte an den Türrahmen und Gregor zuckte zusammen.

"Scheiße! Bist du wahnsinnig, mich so zu erschrecken?", sagte er mit rot angelaufenem Gesicht. Ich musste lachen.

"Was hast *du* denn gemacht? Deinen Adonis-Körper inspiziert?"

"Haha! Sehr witzig, Klara", entgegnete Gregor genervt und zog sich schnell wieder sein Hemd an. "Wo warst du überhaupt so lange?"

"Im Freibad."

"Fünf Stunden lang?"

"Wieso denn nicht?"

"Du weißt doch, dass du mit deiner Haut aufpassen sollst!"

"Jaja. Übrigens: Wir haben eine Einladung zu einem Grillfest bekommen."

"Was?"

"Ich bin mit einer Dame ins Gespräch gekommen. Sie hat gemeint, dass wir doch bei ihr vorbeischauen sollen, wenn wir nichts Besseres zu tun haben."

"Ja, ich weiß nicht…"

"Was weißt du nicht? Ich mein, wir *haben* ja nichts Besseres zu tun, oder?"

"Ich würde heute Abend eher nochmal ein paar Kassetten vom Professor durchgehen. Und Johannes hatte auch gemeint, dass er eventuell früher wieder da ist. Ich will richtig vorbereitet sein, wenn wir uns zum Berg aufmachen."

So etwas machte Gregor immer. Er suchte nach Ausreden, um nicht unter Menschen zu müssen.

"Wie du meinst. Dann bleib halt hier."

"Gehst *du* etwa?"

"Na klar. Warum denn nicht?

"Okay", sagte Gregor, setzte sich aufs Sofa und arbeitete weiter. Zu passen schien ihm meine Antwort nicht.

Ich nahm eine lange Dusche. Zunächst kalt, dann warm, dann nochmal kalt. Es dauerte, bis ich das Salz aus der Haut bekommen hatte, und als ich es geschafft hatte, war meine Haut ganz rot. Danach legte ich mich eine Weile aufs Bett, rauchte und dachte an nichts. Eine Fliege hatte sich ins Schlafzimmer verirrt. Sie sah ganz anders aus als die Fliegen in Berlin, klang aber genauso. Gegen acht zog ich mich an und schaute in den Kühlschrank, ob ich nicht irgendetwas fand, was ich mit zum Grillen bringen konnte. Ich entschied mich dafür, ein paar Datteln mitzunehmen, obwohl ich wusste, dass wahrscheinlich keiner der Gäste in der Stimmung war, Datteln zur Bratwurst zu essen.

"Hast du eigentlich noch Zigaretten?", fragte ich Gregor.

"Ja. Ich hab gestern im Laden eine Stange gekauft."

"Okay. Ich nehm mir eine Schachtel, ja?."

"Mach."

Als ich schon bei der Tür stand, fragte ich nochmal: "Sicher, dass du nicht mit willst?"

"Ja. Aber mach dir einen schönen Abend."

Die Nacht war klar und warm, der Wind hatte sich wieder gelegt. Obwohl das Camp nicht allzu weit von Dschidda entfernt war, so doch weit genug, dass die Lichter der Stadt nicht den Nachthimmel erhellten und man einen wahnsinnigen Blick auf die Milchstraße hatte.

Als ich beim Haus von Maraike ankam, war das Fest bereits in vollem Gange. Ich hörte die Gäste im Garten hinter dem Haus, also ging ich herum und klopfte an die Hauswand, um mich bemerkbar zu machen. Ein paar Menschen drehten sich um, darunter auch Maraike, die eine Salatschüssel in den Händen hielt. Ich lächelte und sagte: "Guten Abend!"

"Klara! Schön, dass du es geschafft hast", sagte sie und reichte die Schüssel einer Frau, die gerade neben ihr stand. Beide trugen mit Blumen gemusterte Kleider.

"Danke für die Einladung!", erwiderte ich und Maraike umarmte mich. Ich fand das ein wenig seltsam, da wir uns gerade einmal eine Stunde kannten, aber dann roch ich den Alkohol an ihr und wunderte mich nicht mehr.

"Ich hoffe, du willst nicht auch über die Geiselnahme reden! Anscheinend hat hier keiner mehr ein anderes Thema", sagte sie. Dann drehte sie sich um und sagte etwas lauter zu den anderen Gästen: "Ihr seid alle so langweilig!"

Sie fing an zu lachen, um zum Ausdruck zu bringen, dass es im Scherz gemeint war, aber niemand schenkte ihr Beachtung.

"Wo hast du denn deinen Mann gelassen?", fragte sie.

"Der wollte noch etwas arbeiten. Er bedankt sich aber für die Einladung."

"Schade, dass er nicht kommen konnte. Männer und ihre Arbeit, nicht wahr?"

Ich zuckte mit den Schultern. Dann sagte ich: "Übrigens: Ich hab ein paar Datteln mitgebracht. Ehrlich gesagt, weiß ich auch nicht, was ich mir dabei gedacht habe, aber…"

"Du hättest doch nichts mitbringen brauchen! Wir haben alles hier."

"Naja, aber…"

"Sehr lieb von dir. Stell doch die Schüssel einfach auf den Tisch dort drüben."

Sie zeigte auf einen weißen Plastiktisch, auf dem bereits andere Schüsseln, sowie Pappteller und Besteck standen. Datteln waren aber, soweit ich sehen konnte, nicht darunter.

"Mach ich."

"Willst du was trinken?"

"Gern."

"Was denn?"

"Ähm… Cola?"

"Ist Pepsi in Ordnung? Coca-Cola bekommt man hier unten so schlecht. Die sind auf der schwarzen Liste der Saudis, weil sie auch Israel beliefern."

"Pepsi ist super."

"Fein. Ich hol dir schnell was. Eine Minute!"

Sie ging weg und ich ging hinüber zum Tisch, um die Datteln abzustellen. Ein Mann, vermutlich in Gregors und Johannes Alter, entsorgte gerade seinen Teller im Müll, während ich ein paar Schüsseln näher zusammenschob, um Platz für meine zu machen.

"Die einen sind fertig mit dem Essen, die anderen fangen gerade erst an", sagte er, als ich die Schüssel abstellte.

"Sieht ganz so aus", erwiderte ich.

"Was ist denn da drin?"

"Datteln."

"*Datteln*? Ach, das ist aber schön. Die bekommen wir hier unten ja so schlecht."

Obwohl der Scherz auf der Hand lag, musste ich doch kurz lachen.

"Hab ich mir auch gedacht."

Er reichte mir die Hand. "Klaus. Freut mich!"

"Klara. Mich auch!"

Maraike kam zurück und drückte mir einen Becher in die Hand.

"Bitteschön", sagte sie und fügte an: "Habt ihr euch schon vorgestellt? Das hier ist Klaus - einer der vielen Monteure in diesem Wüstennest. Und die junge Frau hier, die heißt Klara. Sie ist Gast vom Johannes."

"Ach, vom Journalist?", fragte Klaus überrascht. Auch er schien ihn zu kennen. Mir dämmerte, dass sich hier im Camp wohl alle kannten.

"Jawohl."

"Wo ist der denn heute Abend?"

"Ja, wo ist er denn eigentlich?", fragte auch Maraike noch einmal, obwohl ich es ihr schon am Nachmittag erzählt hatte.

"Er wollte nach Mekka, um von der Geiselnahme zu berichten", klärte ich auf.

"Da kommt der doch nicht rein! Nie und nimmer. Und jetzt erst recht nicht", erwiderte Klaus. "Aber naja, wenn jemand sich irgendwo reinschmuggeln kann, dann sicherlich er."

"Wohl wahr. Kennst du Johannes gut?"

"Naja, bestimmt nicht so gut wie du, aber wir haben schon den einen oder anderen Abend miteinander verbracht."

"Zum Abend-Verbringen ist Johannes gut geeignet."

"Haha! Das stimmt", sagte Maraike laut und klopfte mir leicht auf die Schulter. "So ist der Johannes", fügte sie an, und ging dann zu einem anderen Paar, das ein paar Meter von uns entfernt stand. Da sie mich bereits mit einem anderen Gast bekannt gemacht hatte, hatte sie ihre erste Pflicht als Gastgeberin ja auch erfüllt.

"Und was machst du hier?", fragte Klaus, während er sich eine Zigarette aus der Brusttasche seines Flanellhemds holte. "Bist du auf Urlaub?"

"Nein, nein. Kein Urlaub."

"Sondern?"

"Ist kompliziert."

"Obwohl ich als Monteur arbeite, heißt das nicht, dass du mir komplizierte Themen nicht zutrauen kannst."

"Nein, ist nicht so, dass ich dir das nicht zutraue", sagte ich, obwohl es vielleicht unterbewusst doch etwas damit zu tun hatte. "Ich hab nur irgendwie die Schnauze voll von dem Thema und will nicht ständig daran denken."

"Okay. Erklärt hast du's jetzt trotzdem nicht."

"Stimmt. Na gut, pass auf: Sagt dir der Berg Horeb beziehungsweise der Berg Sinai etwas?"

"Sicher. Moses und so."

"Genau. Nun, wir - also eigentlich mein Mann - will beweisen, dass der Berg Horeb nicht der Berg Sinai auf der Sinai-Halbinsel ist, sondern sich hier in Saudi-Arabien befindet."

"Wie kommt er denn da drauf?"

"Es gibt da ein paar Theorien zu. Aber, naja, die Beweise muss man halt erstmal finden."

"Verstehe. Aber siehst du: War doch gar nicht so schwer zu erklären, oder?"

"Ich bin ja noch nicht in die Details gegangen."

"Das reicht mir schon. Danke! Willst du eigentlich was *Richtiges* trinken?"

"Was meinst du?"

"Ich meine, ob du einen Schuss ins Getränk magst."

"Ah! Ja... klar. Warum nicht?"

Klaus ging hinüber zu einer Gruppe Männer, etwas älter als wir, und ließ sich eine kleine Flasche ohne Etikett geben. Als er wieder bei mir war, schüttete er mir einen Schluck davon in den Becher.

"Whiskey", sagte er. "Ich kann dir aber nicht sagen, wo der her ist."

Ich nahm einen Schluck. Es schmeckte schrecklich. Allerdings besser als der *Freund mit Cola* vom Vorabend.

"Dank dir!"

"Kein Problem."

"Und was machst du hier?"

"Was glaubst du denn?"

"Du baust den Flughafen."

"Stimmt. Ganz allein bau ich den."

"Du weißt schon..."

"Nein, hast schon recht: Ich bau mit einer überschaubaren Gruppe von ungefähr sechstausend Deutschen und zehntausend Pakistanis den Flughafen. Wie du dir vorstellen kannst, ist das ein riesiger Spaß. Vor allem in den Sommermonaten."

"Das glaub ich dir gern."

"Momentan ist es aber ein wenig stressig. Ich weiß nicht, ob du es gehört hast, aber ein paar unseren Kollegen sind verschwunden."

"Johannes hatte es erwähnt."

"Für ihn sicherlich das beste, was passieren konnte. Jetzt hat er wenigstens was, über das er schreiben kann."

"Ich glaube, ein Profil über das Leben im Camp hätte die Deutschen auch interessiert."

"Denkst du? Ich glaub nicht. Naja, wie dem auch sei. Ich hab mit den Vermissten viel zusammen gearbeitet. Daher kenn ich auch Johannes. Er hat mich ein paar Mal dazu interviewt."

"Und was glaubst du, wo sie hin sind?"

"Ich hab da so meine Theorien. Ist kompliziert."

"Hör mal", sagte ich und nahm einen weiteren Schluck vom Whiskey-Cola. "Nur weil ich eine Historikerin bin, heißt das nicht, dass du mir komplizierte Themen nicht zutrauen kannst."

Er musste lachen.

"Ja, das muss ich dir ein andermal erzählen. Ich muss morgen um drei Uhr aufstehen und so langsam los. Wie lange bist du noch hier?"

"Kommt drauf an, wann Johannes wieder da ist. Ein paar Tage sicherlich noch."

"Sag Bescheid, wenn du nochmal was machen willst."

"Werd ich", sagte ich.

"Willst du noch was vom Schnaps?"

"Ähm… klar."

Er schenkte mir den Becher bis obenhin voll, dann ging er zurück zu seinen Kollegen und stellte die Flasche wieder bei ihnen ab. Als ich ihm die Hand zur Verabschiedung reichte, bückte er sich zu mir herunter und umarmte mich. Ich wurde rot und fand es seltsam, dass sich die Menschen hier so herzlich begrüßten und verabschiedeten, obwohl man sich kaum kannte. Vielleicht lag es daran, dass alle so weit weg von Zuhause waren.

"Mach's gut", sagte er und ging.

Ich blieb noch eine Weile und unterhielt mich mit ein paar anderen Gästen. Meistens ging es um die Geiselnahme, ab und an auch darüber, was in Deutschland gerade passierte. Ich aß eine Bratwurst und trank noch ein wenig, bevor auch ich mich gegen Mitternacht wieder verabschiedete.

Als ich in Johannes Bungalow ankam, schlief Gregor bereits. Ich versuchte nicht allzu viel Lärm zu machen und legte mich ins Bett ohne meine Zähne zu putzen. Erst als ich lag, bemerkte ich, wie viel ich getrunken hatte. Der Alkohol wirkte in der Hitze anders als Zuhause; er war schwerer. Als ich die Augen schloss, wurde mir übel. Ich bildete mir ein, dass die Fliege immer noch im Zimmer war, konnte sie aber nirgends sehen. Bevor ich einschlief, dachte ich an unsere Wohnung in Berlin und fragte mich, ob es so eine gute Idee war, mit Gregor zusammenzuziehen.

Die nächsten Tage vergingen, ohne dass wir von Johannes hörten. Gelegentlich bekamen wir über das Radio, aus der Zeitung oder von Nachbarn mit, was in Mekka geschah und meist klang es nicht gut. Wir fanden heraus, dass es sich bei den Geiselnehmern um eine Gruppe Beduinen handelte, die von einem gewissen Dschuhaiman al-Uteibi angeführt wurde. Die Regierung behauptete, dass die Besetzer Teil einer "rückständigen Sekte" seien, welche die Pilger dazu zwingt, dem sogenannten Mahdi zu huldigen, einem Erlöser, der am ersten Tag eines neuen Jahrhunderts und kurz vor dem Weltuntergang erscheint. Das mit dem Mahdi stimmte wohl; dass es sich um eine rückständige Sekte handelte, wohl eher nicht. Dafür war die Besetzung zu ausgeklügelt und schien von langer Hand geplant. Bereits Wochen vorher sollen die Geiselnehmer Verpflegung, Munition und Waffen über Särge in die Moschee geschmuggelt haben. Versteckt wurde alles in dem riesigen Labyrinth, das sich unterhalb der Moschee befindet. Einige der Männer hatten sogar ihre Familien mitgebracht, inklusive Kinder, damit diese sich das „Spektakel" quasi aus erster Nähe mit anschauen konnten. Der Grund warum die Regierung so auf die Rückständigkeit der Besetzer pochte, war, weil diese den Rücktritt von König Chaled, den Abbruch aller Beziehungen zu den Vereinigten Staaten und den Aufbau eines wahren Gottesstaates forderten.

"Das wird der Westen doch nicht zulassen", sagte Gregor, als wir davon erfuhren. "Wir sind doch alle vom Saudi-Öl abhängig. Bevor das passiert, beschießt das Königshaus die Große Moschee doch lieber mit ihren deutschen Panzern."

Und so kam es dann auch. Der König besorgte sich von den Hofgelehrten die Erlaubnis (Fatwa) für eine gewaltsame Zurückeroberung des Gotteshauses und am Morgen des 24. November krachten die ersten Raketen in die Minarette. Dennoch schien es nicht viel zu bringen, zu gut waren die Besetzer vorbereitet und verschanzt. Derweil sprach sich die Besetzung schnell herum und es dauerte nicht lang, bis diverse Parteien den Vorfall für eigene Propaganda nutzten. Allen voran Ajatollah Khomeini, der übers Radio verlauten ließ, dass die Amerikaner für die Besetzung der Kaaba, dem heiligsten Ort des Islams im Zentrum der Moschee, verantwortlich seien und dass diese Tat geächtet werden muss. Die Amerikaner bezeichneten seine Anschuldigungen zwar umgehend als "unverantwortliche Lügen", was aber eine Gruppe pakistanischer Studenten nicht davon abhielt, am 21. November die US-amerikanische Botschaft in Islamabad zu stürmen und niederzubrennen. Gegen die Grundforderung der Besetzer, die Saud-Dynastie aus dem Land zu jagen, hatte aber auch Khomeini nichts einzuwenden. Ganz im Gegenteil. Er forderte die Saudis auf, ihren König zu stürzen und es dauerte nicht lang und im Osten des Landes begannen erste Aufstände. Alles in allem sah es nicht gut aus für das Königshaus. Einer von Johannes Nachbarn meinte, es könnte böse enden; sollten sich die Saudis gegen ihren König auflegen, dann würde der Grundstein gelegt, für ein von Khomeini gesteuertes Erdölimperium. Eine dritte Supermacht würde entstehen, welche die Weltordnung ins Wanken bringen würde. Die islamische Alternative zum christlichen Abendland und zum kommunistischen Osten, meinte er. Ich nickte und rauchte dabei eine Zigarette.

Die Tage waren heiß. Wie die deutschen Arbeiter es schafften bei diesen Temperaturen einen Flughafen zu bauen, war mir ein Rätsel. Die meiste Zeit verbrachte ich lesend im Freibad. Gelegentlich traf ich mich mit Maraike zum Kaffee (ab und zu tranken wir auch etwas Cola und Whiskey). Sie erzählte mir, dass sie angefangen hatte Architektur zu studieren, dann aber schwanger wurde und das Studium abbrach. Zunächst gefiel ihr die Position als Hausfrau, aber als die Kinder im schulfähigen Alter waren, wurde ihr zunehmend langweilig. Kurz überlegte sie, sich nochmal an der Universität einzuschreiben, doch dann erhielt ihr Mann das Angebot den

Flughafenbau mit zu begleiten und die beiden entschieden sich, ein paar Jahre nach Saudi-Arabien zu gehen. Da sie gut tippen konnte, arbeitete sie ein mehrere Stunden in der Woche in der Verwaltung. Was sie genau machte, erklärte sie mir allerdings nicht.

"Das ist noch nicht einmal spannend genug, um es einem selbst zu erzählen, Klara", sagte sie. Ich fragte kein zweites Mal nach.

"Wie lange werdet ihr noch hier unten sein?", fragte ich.

"Ein Jahr noch. Vielleicht zwei. Kommt darauf an, wie es vorangeht. Fertig soll der Flughafen ja sowieso erst 1985 werden."

Als ich am fünften Abend nach Hause kam, saß Gregor noch genauso am Küchentisch wie am Morgen, als ich mich von ihm verabschiedet hatte, und machte Notizen für seine Dissertation.

"Wie war dein Tag?", fragte ich, während ich Wasser für den Tee aufsetzte.

"Ich kann diese bescheuerten Datteln nicht mehr sehen", erwiderte er. "Mir ist übel."

"Dann hör auf sie zu essen", forderte ich ihn auf.

"Ich kann nicht. Ich brauch was im Mund zum Arbeiten. Ich kann doch nicht die ganze Zeit rauchen!"

"Hör mal, im Kino spielen die hier noch *Apocalypse Now*. Wollen wir uns den vielleicht am Abend ansehen?"

Gregor zögerte und ich wusste schon, was das zu bedeuten hatte.

"Also, ich würde wirklich lieber arbeiten…"

"Gregor, bitte: Du musst doch mal das Haus verlassen!"

"Warum denn?"

"Weil das nicht gesund ist!"

"Irgendwie fühl ich mich nicht besonders. Es ist so heiß hier. Wenn Johannes morgen noch nicht zurück ist, gehen wir dann ins Kino. Okay?"

Er ging mir auf die Nerven. Immer musste er jammern und sich beschweren. Ich dachte kurz, es läge wirklich daran, dass ihm die Temperaturen zusetzten. Aber natürlich war dem nicht so. Er beschwerte sich immer und über alles. Je länger wir zusammen waren, umso mehr erinnerte er mich an meinen Vater. Ich hatte diese Art auch an ihm gehasst. In der Pubertät hatte ich mich immer gefragt, wie meine Mutter es mit so einem Mann aushalten konnte, und nun war ich in der gleichen Situation. Ich schaute aus dem Fenster und wartete, bis das Wasser kochte. Dann gab ich das Wasser in eine Tasse, einen Teebeutel dazu und setzte mich draußen vor die Tür. Ich las ein wenig in Max Frischs Tagebüchern, kam aber nicht weit. Ich musste Sätze mehrere Male lesen, da ich mich nicht konzentrieren konnte. Als ich mir gerade eine Zigaretten anmachen wollte, hörte ich, wie jemand von der anderen Straßenseite aus rief.

"Schau mal einer an!"

Ich schaute hinüber.

"Klaus?", sagte ich überrascht. "Guten Abend!"

Er kam zu mir herüber. Er schien gerade von der Arbeit zu kommen. Sein Gesicht war dreckig und seine Haare verworren und vom Schweiß ganz schmierig. Allerdings hatte er ein Lächeln auf dem Gesicht, was ihm etwas Weiches gab.

"Guten Abend zurück. Wie geht's?"

"Passabel. Und selbst?"

"Müde. Aber jetzt hab ich zwei Tage frei, also eigentlich prächtig. Ist der Johannes immer noch nicht zurück?"

"Nee. Gemeldet hat er sich auch nicht."

"Seltsam. Aber Sorgen braucht man sich bei ihm keine zu machen. Der kommt schon durch."

"Jaja. Das auf jeden Fall."

Klaus zündete sich ebenfalls eine Zigarette an. Seine Finger waren noch dreckiger als sein Gesicht.

"Sag mal: Was machst du heute Abend?", fragte er, als er den ersten Zug genommen hatte.

"Mhm… eigentlich wollte ich ins Kino."

"Was läuft denn?"

"*Apocalypse Now.*"

"Kenn ich nicht. Ist das sowas wie *Krieg der Sterne*?"

"Nee. Eher Krieg der Systeme. Geht um Vietnam."

"Ah… okay."

"Magst du mitkommen?", schoss es aus mir heraus. Normalerweise passierte mir so etwas nicht.

Klaus überlegte ein paar Sekunden, dann antwortete er: "Klar. Warum nicht? Wann geht es los?"

"Um neun."

"Gut. Ich muss aber vorher nochmal nach Hause und mich umziehen. Treffen wir uns davor, okay?"

"Okay", erwiderte ich und Klaus verabschiedete sich.

Als ich nach einer Weile in die Wohnung ging, um mich fertig zu machen, schrieb Gregor immer noch. Seine Bücher hatten sich mittlerweile unter die von Johannes gemischt und lagen in der Wohnung verstreut herum.

"Ich geh jetzt", sagte ich, während ich noch etwas Wasser trank.

"Wo gehst du denn hin?"

"Na ins Kino. Hab ich doch gesagt!"

"Ich dachte, wir gehen morgen gemeinsam?"

"Ich will heute gehen."

"Na dann… viel Spaß", erwiderte Gregor genervt.

Als ich beim Kino ankam, stand Klaus bereits davor und wartete. Er hatte sich frisch rasiert und wirkte dadurch viel jünger als noch auf dem Fest bei Maraike. Seine Haare hatte er nach hinten gelegt, und ich fand, dass er eine schöne Kopfform hatte, die unter den abstehenden Locken zuvor nicht so zur Geltung gekommen war. Das Kino war kaum besucht und wir hatten die letzten drei Reihen für uns. Mir war nicht bewusst, dass der Film so lang war, also rauchten wir gelegentlich, was ich im Kino sonst nicht gern tat. Dadurch dass wir direkt unter dem Projektor saßen, sah man unsere Nebelschwaden auf der Leinwand, aber es schien niemanden zu stören. Gelegentlich schaute ich hinüber zu Klaus. Manchmal hatte er die Augen zu. Seltsamerweise begriff ich erst in diesem Moment, wie anstrengend die Arbeit hier unten sein musste. Was für ein anderes Leben das war im Gegensatz zu dem, das wir in Berlin führten.

Nach zweieinhalb Stunden verließen wir das Kino wieder. Ich war bereits ein wenig müde, aber nicht zu sehr.

"Ich geh noch was trinken. Willst du mitkommen?", fragte Klaus.

"Klar. Warum nicht?", erwiderte ich. "Aber bist du sicher? Du bist doch im Kino schon ein paar mal weggenickt."

"*Ich?* Überhaupt nicht."

"Klar. Ich hab's doch gesehen!"

"Ich hatte nur die Augen zu, um mich besser auf die Gespräche konzentrieren zu können."

"Haha! Jaja, ganz bestimmt."

"Also: Willst du jetzt was trinken oder nicht?"

"Ich hab doch schon Ja gesagt! Wo willst du denn hin?"

"Wir könnten in die Bar gehen. Oder…"

Er machte eine Pause.

"Oder?"

"Oder wir könnten zum Roten Meer rüber. Ich hab noch ne Flasche im Auto."

Ich dachte nicht lange darüber nach. Ich fand, das war die beste Idee, die ich seit Tagen gehört hatte und antwortete: "Meer klingt super."

Wir fuhren in dem Ford der Firma durch die Wüste. Obwohl das Meer nur zwei Kilometer entfernt war, kam mir die Fahrt länger vor. Wir schwiegen, aber es war nicht unangenehm. Nachdem wir ausgestiegen waren, führte er mich über einen Weg zu ein paar riesigen Felsen, die aus dem Sand heraus ragten. Wir setzten uns und Klaus machte die Flasche auf. Er nahm einen kräftigen Schluck, dann reichte er mir die Flasche. Es wehte ein starker Wind, aber mir war nicht kalt.

"Dank dir", sagte ich und nahm ebenfalls einen kräftigen Schluck. Ich musste mich schütteln.

"Ist leider nicht der beste. Aber hier unten muss man nehmen, was man bekommt."

Wir rauchten ein paar Zigaretten und sahen zum Meer hinaus.

Einmal musste ich kurz an Moses denken, die meiste Zeit dachte ich aber an nichts. Alles war ruhig und friedlich.

"Warum bauen eigentlich die Deutschen den Flughafen?"

"Was meinst du?"

"Naja, wäre es nicht besser, die Saudis bauen den Flughafen selber und zahlen die Abermillionen, die der kostet, an ihre eigene Bevölkerung?"

"Naja, ich nehme an, sie *können* es nicht selber bauen. Deswegen rufen sie uns."

"Da fällt mir ein: Du wolltest mir noch erzählen, wo du denkst, dass deine Kollegen hin sind. Also die Verschwundenen."

Klaus musste lachen.

"Ach ja! Stimmt. Hatte ich versprochen."

"Denkst du auch, es hat mit Alkoholschmuggel zu tun?"

"Mit *Alkoholschmuggel*?"

Klaus lachte nochmal. Diesmal lauter.

"Hat dir das etwa der Johannes erzählt?"

"Er hatte sowas angedeutet, ja."

"Ich glaube, da liegt er falsch. Die drei sind schon ein paar krumme Hunde, aber so krumm nun auch nicht."

"Weißt du das oder glaubst du das?"

"Sicher kann man sich natürlich nie sein. Aber ich bezweifle, dass die drei sich für ein paar hunderttausend Mark auspeitschen lassen würden."

"Nur wenn sie erwischt werden."

"Das Risiko ist denen trotzdem zu groß."

"Was glaubst du denn, wo sie hin sind?"

Klaus nahm noch einen Schluck.

"Also…"

Er machte eine Pause.

"Ich nehme an…"

"Ja?"

"Dass die drei konvertiert sind."

"Zum Islam?"

"Nee. Zu Busfahrern. Na klar zum Islam!"

Er steckte sich eine weitere Zigarette an. Ich versuchte zu erkennen, ob er schmunzelte, konnte es aber nicht genau sagen.

"Meinst du das *ernst*?"

"Sicher."

"Ach komm!"

"Nein, ich mein's wirklich ernst!"

"Wie kommst du denn darauf?"

"Die drei haben schon seit einer Weile nichts mehr getrunken."

"Aber das heißt doch nichts…"

"Glaub mir: Bei der Arbeit, die die machen, braucht man den gelegentlichen Schnaps."

"So ein Quatsch. Das beweist gar nichts! Ist das dein einziges Indiz?"

"Es gibt noch ein paar weitere."

"Verstehe. Und was sagen die anderen dazu?"

"Welche anderen?"

"Na, die anderen Mitarbeiter im Camp."

"Ich hab's keinem erzählt. Du bist die erste."

"Was? Warum nicht?"

"Weil es mich nichts angeht. Die drei sind erwachsene Männer, und wenn sie sich dazu entscheiden, ihre Leben zu ändern, was geht es mich oder sonstwen an?"

"Aber haben sie nicht Familien in Deutschland?"

"Es geht mich doch trotzdem nichts an."

"Das ergibt keinen Sinn. Nur weil sie ne Weile nichts getrunken haben…"

Wir schwiegen eine Weile. Irgendwann fragte ich: "Was machst du eigentlich morgen?"

"Sag ich dir nicht", erwiderte Klaus und schmunzelte.

"Wieso nicht?"

"Warum sollte ich denn?"

"Na, weil ich dich gefragt hab!"

"Ich sag's dir aber nicht", wiederholte er und stieß mir mit seinem Ellenbogen vorsichtig von der Seite in die Rippen. Ich stieß ihn vorsichtig zurück. Danach nahm ich noch einen Schluck vom Whiskey und dann noch einen.

Als wir später in seinem Auto miteinander schliefen, schaute ich nach draußen auf die Sterne. Es war warm im Auto, aber es störte mich nicht. Ich weiß nicht mehr, warum ich in dieser Nacht mit ihm schlief. Ich wollte Gregor nicht betrügen, aber unser Leben in Berlin schien hier unten so weit weg; wie als würde die Klara, die ich in Deutschland war, eine andere sein als die hier in Saudi-Arabien.

Es dämmerte bereits, als ich in den frühen Morgenstunden in Johannes Bungalow ankam.

Derweil kam die Saudi-Familie mit der Befreiung der Großen Moschee kaum voran. Die Besetzer hatten sich tief in den Tunneln unter der Großen Moschee verschanzt und die saudischen Soldaten agierten zögerlich. Der König brauchte dringend Hilfe. Normalerweise wären die Amerikaner die erste Adresse gewesen, aber aus einer Vielzahl von Gründen ließ man von einer gemeinsamen Aktion ab. Zum einen machte die saudische Regierung die Amerikaner dafür verantwortlich, dass Informationen über die Besetzung so schnell an die Öffentlichkeit gekommen sind. Zum anderen wollte man vermeiden, dass das Unbehagen gegen die Amerikaner im eigenen Volk noch weiter wuchs; sollte herauskommen, dass „ungläubige" Amerikaner am heiligsten Ort des Islams herum schossen, wäre auch der letzte Halt den die Königsfamilie im Volk noch hatte verloren. Außerdem hatten die Vereinigten Staaten bereits selbst alle Hände voll zu tun: Im Iran wurden immer noch Geisseln in der US-Botschaft festgehalten, die Botschaft in Pakistan hatte bereits gebrannt und in der Türkei sah es ebenfalls nicht rosig aus. Damit nicht noch mehr Schaden entstand, entschied sich Präsident Carter dazu, alle Amerikaner aus dem immer größer werdenden Krisengebiet herauszuholen und die eigenen Aktivitäten auf ein Minimum zu reduzieren. Die saudische Regierung schaltete einen anderen

Partner für die Befreiung der Großen Moschee ein: Frankreich.

An Gregor und mir ging das alles mehr oder weniger vorbei. Gregor schrieb weiter an seiner Dissertation und ich half ihm gelegentlich dabei. Wenn ich ihm nicht half, tat ich, was ich auch schon die Tage zuvor getan hatte: Ich las oder traf mich mit Maraike im Freibad. Obwohl es immer noch - für unsere Verhältnisse - hochsommerlich warm war, erhielten manche Bewohner bereits die ersten Weihnachtspakete und fingen an, ihre Bungalows mit diversen Dekorationen zu schmücken. Auch Maraike hatte die Vorfreude aufs Fest gepackt und sie fing an zu backen; Vanille-Kipferln und Zimtsterne. („Bald ist doch Nikolaus, Klara! Da *müssen* Kekse einfach sein.") Je weniger ich machte, umso schneller vergingen die Tage. Gregor und ich dachten oft an Johannes. Kurz bevor wir allerdings anfangen konnten, uns *richtige* Sorgen zu machen, erhielten wir ein Telegramm von ihm:

Ihr Lieben,

entschuldigt, daß ihr so lange auf eine Nachricht von mir warten mußtet - bei mir ist gerade alles sehr chaotisch. Die Geiselnahme ist ein ganz großes Ding! Wird die Welt verändern, sagen manche. Ich kann euch leider nicht erzählen, wo ich mich gerade befinde, nur so viel: Mir geht es gut und wir passen weiterhin auf uns auf.

In jedem Fall ist es jetzt so, daß ich nicht vor nächster Woche wieder im Camp sein werde. Bitte nicht traurig sein! Wie gesagt: Nehmt gern den Wagen von Philip und fahrt ohne mich. Euch wird nichts passieren, vorsichtig solltet ihr aber dennoch sein.

Sorry nochmal und großes Bussi,

Jo

Nachdem ich das Telegramm laut vorgelesen hatte und dann noch einmal im Stillen, faltete ich es und legte es auf den Kühlschrank. Danach setzte ich neues Wasser für den Kaffee auf. Als ich zu Gregor hinüber blickte, schlug er mit der flachen Hand auf den Tisch.

"So eine *Scheiße* aber auch!", sagte er.

Ich schreckte kurz zusammen.

"Was denn?"

"Ach naja… dass *wir* jetzt fahren müssen."

"Fahren?"

"Na, *selber fahren*! Ich hab da ehrlich gesagt, nicht wirklich Lust drauf."

"So schlimm wird es schon nicht werden. Hast doch gehört, was Johannes gemeint hat."

"Hör mal, Klara: Da draußen ist Krieg! Ohne den Johannes mach ich das nicht. Keine Chance!"

Ich schaute Gregor verwundert an. Wir sind diese tausenden Kilometer geflogen, um den Hinweisen des Professors nachzugehen, welche seine Dissertation immens aufwerten könnten, und jetzt wollte er nicht fahren, weil Unruhe im Land war?

"Das kann jetzt nicht dein Ernst sein!"

"Warum denn nicht?"

Mir wurde ganz heiß im Kopf und mein Herz fing an schneller zu schlagen. Ein paar Sekunden schaute ich auf eine Fliege, die auf dem Tisch saß und sich die Fühler rieb, dann platzte es aus mir heraus: "Hör mal, du dummes Arschloch! Erst nimmst du *mir* das Thema weg, und jetzt wo wir hier sind, willst du nicht mal zu diesem blöden Stein fahren, weil du *Angst* hast?", schrie ich Gregor an.

"*Dein Thema?* Seit wann ist denn der Horeb ausschließlich *dein* Thema?"

"Ich hatte mich damit schon beschäftig, da warst *du* noch Feuer und Flamme für Kanaaniter gewesen! Nur weil dir - *mal wieder* - nichts Eigenes eingefallen ist, hast du mir das Thema weggenommen! Weil dir einfach *nie* was Eigenes einfällt; weil du immer nur dumm von anderen kopieren und klauen kannst! Wie soll *ich* denn jetzt über den Horeb meine Diplomarbeit schreiben? Die denken doch alle, ich hätte es von meinem Mann abgeschrieben, wo es doch in der Realität anders herum ist!"

"Du spinnst doch! Und Größenwahnsinnig bist du obendrein. *Dein Thema!* Dass ich nicht lache!"

"Ach, halt doch einfach dein Maul!", sagte ich, nahm mir die Packung Zigaretten vom Küchentisch und ging nach draußen.

Stundenlang ging ich durch's Camp. Als ich bei den Wachen am Tor ankam, schauten sie streng zu mir herüber. Ich schaute streng zurück, dann spuckte ich auf den Boden und ging weiter. Irgendwann fing ich an, Arbeiter zu fragen, wo Klaus lebte. Die ersten vier wussten nicht, wen ich meinte - kannte ich doch seinen Nachnamen nicht -, der fünfte wusste es aber dann. Ich begab mich zu dem Haus, in dem er eine Wohnung hatte und wartete auf ihn. Es war bereits dunkel, als er von der Baustelle kam.

"Was machst *du* denn hier?", fragte er, eine Zigarette rauchend.

"Nichts weiter", antwortete ich.

"Nichts weiter?"

"Nee. Sag: Hast du noch was von dem Schnaps da?"

Ich verbrachte die Nacht und den nächsten Tag in seiner Wohnung. Als ich am Abend zurück in Johannes Bungalow kam, war Gregor und der Land Rover verschwunden. Eine Notiz konnte ich nicht finden. Die Nacht über hörte ich Joni Mitchells *Hejira* und den darauffolgenden Tag ebenfalls. Irgendwann am Abend kam Gregor zurück. Johannes sollten wir bis zu unserem Rückflug nicht mehr sehen.

Es war am ersten Sonntag im Februar. Es hatte geschneit und ganz Schöneberg war weiß. Es war bitterkalt und mir war übel. Kurz überlegte ich, einen Spaziergang zu unternehmen, machte es aber dann doch nicht. Seit diesem Tag wusste ich, dass ich schwanger bin.

Maine, 1996

Ich hatte mich verfahren. Die Fahrt vom Motel zum Haus der Schroeders hätte eigentlich nicht länger als eine halbe Stunde dauern sollen, aber aufgrund des anbahnenden Blizzards war ich bereits dreimal so lang unterwegs. Der Schneefall war so dicht, dass das Erkennen von Straßennamen vom Fahrersitz aus unmöglich geworden war und ich bereits mehrmals hatte halten müssen, um mich zu vergewissern, dass ich auch richtig abgebogen war. Gebracht hatte es nichts. Ich stand am Passagassawakeag River im Nirgendwo von Maine und wendete die Karte ein weiteres Mal, in der Hoffnung, dass das spärliche Straßennetz im spärlichen Winterlicht etwas mehr Sinn ergab, aber Fehlanzeige - die Karte und das was ich vor mir sah, passten einfach nicht zusammen. Obwohl ich seit Jahren Nichtraucherin war, hatte ich mir im Motel eine Packung Marlboro Lights gekauft, und obwohl ich einen Nichtraucher-Wagen gemietet hatte, holte ich die Packung aus meiner Tasche und zündete mir eine an. Was hatte ich mir nur dabei gedacht, um diese Jahreszeit hierher zu kommen? Was hatte ich mir nur dabei gedacht, dieses Interview zu führen? Und was hatte ich mir nur dabei gedacht, dieses Buch zu schreiben?

Ich versuchte einen Radiosender rein zubekommen, um mich ein wenig abzulenken, aber auch dabei hatte ich kein Glück. Noch nicht einmal diesen schrecklichen Country-Sender, der im Motel den ganzen Vormittag über rauf und runter gelaufen war, bekam ich rein, und ich dachte, was würde ich nicht jetzt für diesen Country-Sender geben! Noch einmal *Islands in the Stream* von Dolly Parton hören, das wäre mir mein letztes Geld wert gewesen. Wie ich ohne Geld zurück zu Hari kommen sollte, war mir zwar nicht klar, aber sie war mittlerweile alt genug und würde auch ohne mich zurecht kommen. (In vielerlei Hinsicht war sie sowieso schon selbständiger als ich.)

Ich beobachtete wie der Rauch nach oben zog, sich unterm Dach sammelte und mit jedem Ausatmen ein Stück weiter nach unten kam. Wie viele Zigaretten mussten man wohl in einem geschlossenen Wagen rauchen, bevor man erstickt? (Konnte man überhaupt von Zigaretten ersticken?) Die Zigarette schmeckte fürchterlich und ich musste husten und dachte, was für ein riesengroßer Quatsch das ist, wenn in Spielfilmen ein Nichtraucher von einem Raucher eine Zigarette pumpt und diese dann ganz genüsslich raucht, wie als wäre es das Normalste der Welt. Jeder Nichtraucher würde die Zigarette nach dem ersten Zug angewidert wegschmeissen. Auch ich konnte die Marlboro Light nicht zu Ende rauchen. Ich öffnete die Tür, um sie hinaus zu schmeißen, als es plötzlich ein Schlag tat.

"*Ouch!*", sagte eine männliche Stimme neben mir und ich zuckte vor Schreck zusammen. Ich hatte die Fahrertür gegen das Knie eines Herrn geknallt.

"Do you need help, hon? I saw your car at the side of the road and was wondering…"

"I… ähm… yes, actually. I'm looking for the house of the Schroeders?", erwiderte ich mit einem fürchterlichen deutschen Akzent. Im eigenen Land denkt man immer, dass man eine Fremdsprache mehr oder weniger akzentfrei spricht. Erst im Ausland merkt man, wie grausam die eigene Aussprache doch ist.

"The Schroeders? Well…", er machte eine kurze Pause, "it's right over there, hon."

Er zeigte ins Nichts. Es wäre egal gewesen, in welche Richtung er seinen Finger streckt, überall sah man nur endloses Weiß.

"Ah. I see."

"You're not here to… cause any trouble, are you?"

"Trouble? No. I'm a historian."

"I see… Well, it's two minutes tops. Can't miss it."

"Okay. Thank you very much!"

"Don't sweat it. And… you know you shouldn't be out right now? There's a blizzard on the way."

"I know. Yes. Thank you!"

"Alright. You take care now, hon!

"You too!"

Ich kurbelte die Fensterscheibe wieder hoch und beobachtete den Mann, wie er zurück zu seinem riesigen Ford-Truck stapfte, einstieg und weiterfuhr. Es dauerte nur wenige Sekunden und er war im Schneetreiben verschwunden. Auch ich startete den Motor, folgte seiner Anweisung und verschwand.

Bei den versprochenen *two minutes tops* war es zwar nicht geblieben, aber nach einer Viertelstunde kam ich tatsächlich bei einem Grundstück an, welches auf die Beschreibung passte. Das Grundstück der Schroeders befand sich ungefähr zwei Meilen vom Stadtzentrum Belfasts entfernt und am Ende einer Straße, die einzig und allein als Einfahrt zum Grundstück zu dienen schien. Das Grundstück selbst war knapp einen Hektar groß; an einem Ende vom Wald umgeben und am anderen Ende vom Passagassawakeag River. Das zweistöckige Haus auf dem Grundstück war allerdings verhältnismäßig klein, was dafür sorgte, dass es auf dem riesigen Land fast schon lächerlich verloren wirkte. Links neben dem Haus stand eine Garage, in der drei Autos Platz fanden und die beinahe so groß war wie das Haus selbst; rechts vom Haus ein alleinstehender Apfelbaum, unter dem eine vollgeschneite Sitzbank stand. Etwas vom Haus entfernt, auf einem kleinen Hügel, stand eine ebenfalls vollgeschneite Schaukel sowie eine Art Sandkasten, der aufgrund der Jahreszeit und Witterung mit einer vollgeschneiten Plane überzogen war. Als ich die Einfahrt nach oben gefahren kam, sah ich jemanden ans Fenster kommen, aber schnell wieder verschwinden. Ich rollte bis kurz vor die Garage, dann stellte ich den Motor ab und nahm mir eine weitere Zigarette. Ich wusste nicht, ob es an der Reise oder an dem Buch oder doch am Brief lag, aber irgendwie war ich nervöser als sonst. Dutzende Interviews hatte ich bereits für das Buch geführt (und unzählige Interviews im Laufe dessen was andere meine Karriere nannten), aber so nervös war ich lange nicht mehr. Warum war ich nur so aufgeregt? Was sollte schon schief gehen, fragte ich mich. Aber insgeheim wusste ich natürlich, was schief gehen konnte: nämlich alles! Von dem Interview erhoffte ich mir nämlich nichts weniger, als dass es mein Buch rettete. Seit drei Jahren arbeitete ich bereits daran, aber es wollte einfach nicht zusammenkommen. Alles an Information war da, aber es funktionierte nicht; es gab keine Narrative, die den Gedankensalat verband. Das Buch trug den Arbeitstitel *Abrahams Krieger - Parallelen im christlichen, jüdischen und islamischen Extremismus*. In ihm verglich ich Extremisten aller abrahamitischen Religionen und deren im "Namen Gottes" ausgeführten Anschläge miteinander. Gemeinsamkeiten gab es viele, Unterschiede weniger als gedacht. Am interessantesten - und mir vor der Recherche gar nicht so bewusst gewesen - waren die Gemeinsamkeiten, was die Frauenfeindlichkeit im abrahamitischen Fundamentalismus anging. Nicht nur waren Frauen in fundamentalistischen Haushalten aller drei Hauptreligionen generell Menschen zweiter Klasse und mussten im gesamtgesellschaftlichen Vergleich mit mehr häuslicher Gewalt rechnen, sondern wurden auch überproportional öfter Opfer von Terroranschlägen. Schnell avancierte das Thema zum Kernkapitel (*Abrahams Töchter*) des Buchs und zum mit Abstand umfangreichsten. Jetzt hatte ich aber ein Problem: Die beiden anderen Kapitel (*Abrahams Söhne* und *Abrahams Krieger*) fungierten inhaltlich zwar gut als Rahmen zum "Frauenkapitel", nur bekam ich keinen roten Faden zwischen den drei Kapiteln hin. Ich konnte es ordnen wie ich wollte, das Buch wirkte wie drei verschiedenen Bücher, die nur zufällig im selben Band gelandet waren. Aber dann war ich auf die Geschichte von Thomas Matthew Schroeder Jr. gestoßen, und wie durch ein Wunder hatte sich seine Mutter bereit erklärt, mit mir zu reden.

Ich rauchte die Zigarette zu Ende und überlegte mir eine weitere zu nehmen, ließ es dann aber doch bleiben, schloss kurz die Augen und atmete eine letztes Mal langsam aus. Dann schnappte ich mir meine Tasche vom Beifahrersitz und verließ den Wagen.

In dem Moment, in dem ich die Tür vom Lexus zuschloss, ging die Haustür auf und eine Frau trat auf die überdachte Veranda.

"Ms. Weiss?", rief sie zu mir herüber. "Ich hatte schon befürchtet, Ihnen wäre was passiert!"

Ich hielt mir meine Tasche über den Kopf und ging so schnell ich konnte in Richtung Veranda.

"Alles gut. Ich hab mich nur ein paar Mal verfahren."

Auf der Veranda angekommen, nahm ich meine Tasche vom Kopf und klopfte meine Stiefel ab. Kirsten Schroeder hielt mir die Hand entgegen und lächelte mir zu.

"Freut mich, Sie endlich persönlich kennenzulernen", sagte ich. "Klara."

"Mich ebenfalls! Kirsten."

Kirsten Schroeder war ein paar Jahre älter als ich und von zierlicher Figur. Sie trug ein langes Kleid und darüber eine Küchenschürze, und hatte ihre strohblonden Haare zu einem Dutt gebunden. Sie hatte große blaue Augen und überall im Gesicht Sommersprossen, was ihr etwas kindliches gab; Falten um Augen und Mund konnten allerdings nicht verbergen, dass ihre Jugend bereits ein paar Jahre zurück lag. Kirsten Schroeder war Tochter deutscher Auswanderer, und obwohl sie selbst nie in einem deutschsprachigen Land gelebt hatte, war ihr Deutsch fast akzentfrei.

"Kommen Sie rein, dear. Hier draußen holen Sie sich noch den Tod. So einen schlimmen Winter haben wir lange nicht gehabt."

"Es ist wirklich unglaublich, wie viel Schnee hier runter kommt!"

"Wie ist es in Berlin?"

"Es schneit auch, aber nicht *so*."

Ich klopfte meine Stiefel ab, dann betrat ich das Haus. Kirsten schloss die Tür hinter mir.

"Wir kommen mit dem Schneeschippen kaum noch hinterher. Tom, my husband, ist schon den ganzen Tag draußen. Die Brücken müssen mittlerweile stündlich vom Schnee befreit werden. Geben Sie mir Ihren Mantel...", sagte Kirsten und hatte ihn auch schon am Kragen gegriffen, sodass ich nur noch herausschlüpfen musste. "Wie war Ihre Reise?"

"Ach, ereignisreich und doch langweilig."

Ich war von Tegel nach Charles de Gaulle geflogen und von Charles de Gaulle mit dem Jumbo weiter zum JFK. Zumindest war JFK das ursprüngliche Ziel gewesen, denn während der Flug über Europa bereits turbulent gewesen war, so erreichten die Turbulenzen vor der Ostküste eine neue Qualität. Schon auf halber Strecke hatte man uns über das sich bildende Unwetter informiert und vorgewarnt, dass wir wohlmöglich einen anderen Flughafen ansteuern müssen. Und so kam es dann auch. Zunächst sollte auf dem Baltimore-Washington International Airport notgelandet werden, in letzter Minute wurde dann aber doch Newark freigegeben und wir landeten dort. Während die meisten Passagiere aufgrund der Turbulenzen den Flug über muxmäuschenstill gewesen waren, so entlud sich die Spannung in dem Moment, in dem wir auf dem Boden aufkamen. Essenstablette wurden auf den Boden geschmissen, Flugbegleiter angeschrieen. Was man sich denn denke, einfach auf einem anderen Flughafen zu landen! Wie soll man denn bitte von *hier* (New Jersey!) jetzt *zum* Hotel (Manhattan!) kommen und so weiter und so fort. Mir war die Umdisponierung nach Newark recht egal, obwohl auch ich ein Hotel in Brooklyn hatte und ließ mich gar nicht erst zur Aufregung hinreißen. Ich vergaß das Hotel und entschloss mich, einfach ein paar Stunden auf dem Flughafen zu schlafen und dann am Morgen direkt vom Flughafen weiter nach Maine zu fahren. Gerade als ich eine ruhige Ecke gefunden hatte, wurde der Fernsehsender ABC dann allerdings explizit: Das Unwetter *drohte* nicht nur damit, sondern wurde *definitiv* in den nächsten Tagen zu einem Blizzard, von einem Ausmaß, wie ihn die Ostküste lange nicht mehr gesehen hatte. Typisch amerikanisch sprach man

sofort vom *The Blizzard of 1996* und inszenierte die Wettervor-
hersage wie einen Bruce Willis-Film. In der Tat schien aber an der
Dramatisierung etwas dran zu sein, denn es wurde mit Nachdruck
zum Eindecken mit Rationen *ge*raten und noch nachdrücklicher
vom Reisen *ab*geraten. Meine Terminal-Mitmenschen wurden unruhig, die meisten aber aus der berechtigten Angst heraus, dass ihre
Anschlussflüge nun endgültig gecancelt waren. Und auch ich wurde
unruhig. Vor einem Blizzard hatte ich keine Angst, nur wollte ich
nicht auf halber Strecke auf dem Highway festhängen. Ich griff mir
meine Tasche und ging so schnell wie möglich zum nächstbesten
Hertz. Natürlich war ich nicht die einzige, die diesen Gedanken hatte, und natürlich hatte sich vor der Filiale am Flughafen bereits eine
Schlange gebildet, aber ich hatte Glück und bekam tatsächlich den
letzten Wagen, den sie mit Winterreifen *und* Ketten im Kofferraum
da hatten - einen cremefarbene Lexus LS 400. Ich hatte noch nie
einen Wagen gesehen, der mehr nach Mittlerem Management aussah. Tausende Firmenvertreter mussten in ihm die Ostküste hoch
und runter gefahren sein; der Wagen war *Glengarry Glen Ross* in
Automobilform. Ich bedankte mich bei der Hertz-Mitarbeiterin und
verließ Punkt Mitternacht das Parkhaus. Bei der Fahrt aus Newark
heraus, dachte ich, wie beeindruckend es war, dass Philip Roth es
geschafft hatte, aus dieser unbeeindruckenden Straßensammlung so
viele Geschichten rauszuholen, aber dann erinnerte ich mich daran,
dass ich seine letzten beiden Romane abbrechen musste, weil er sich
doch zu sehr wiederholte, und berichtigte den Gedanken wieder.
Wie dem auch sei. Es dauerte nicht lang und ich war auf dem New
Jersey Turnpike und nicht viel später in Connecticut. Ich liebte ame-
rikanische Straßen schon immer. Kaputt und endlos und oft war
man allein. Die einzigen Straßen auf der Welt, auf denen ich gerne
fuhr. In Deutschland fuhren alle zu schnell, im Rest von Europa zu
chaotisch, aber in Amerika gab es genug Platz, dass man sich gegen-
seitig nicht auf die Nerven ging, denn alle fuhren Automatik und
alle hatten einen Tempomat. Ich stellte das Radio an und ließ mich
treiben. Einmal stündlich lief TLCs *Waterfalls* und als ich an Boston

vorbeikam, konnte ich es bereits auswendig. Irgendwann ging die Sonne auf, aber wirklich hell wurde es nicht. Der Schneefall hatte weiter zugenommen. Gelegentlich hielt ich an, um mir einen Kaffee zu holen und zu tanken, hielt mich aber nie lange auf. Ich verließ Massachusetts, fuhr durch Vermont und fuhr durch Maine, und ehe ich mich versah, war es auch schon Mittag und ich kam am Ortsschild von Belfast an. Die Fahrt hätte acht Stunden dauern sollen, am Ende waren es fast zwölf geworden. Ich rollte zum Moose Point Motel und checkte ein, ließ mich kurz darauf aufs Bett und in einen tiefen Schlaf fallen. Aufgrund der Erschöpfung sowie des leichten Jetlag schlief ich bis zum nächsten Morgen durch.

"Die Reise war eigentlich recht entspannt", erwiderte ich Kirsten Schroeder. "Einzig die Fahrt von Newark nach Belfast konnte ich aufgrund der Witterung nicht maximal genießen."

"Sie sind *selbst* gefahren?"

"Ja. Mietwagen."

"Oh, dear! Hätten Sie doch den Greyhound genommen… aber wer weiß, vielleicht wären Sie dann gar nicht erst angekommen. Sagen Sie: Was ist Ihre Schuhgröße? 8?"

"Gute Frage…", erwiderte ich.

Kirsten Schroeder holte ein Paar Hausschuhe aus einem dekorativen Hausschuh, der an der Wand befestigt war und hielt sie an meine Füße.

"Die sollten passen. Schlüpfen Sie rein."

"Da… danke."

Ich zog die Hausschuhe an, dann folgte ich ihr ins Wohnzimmer. Es roch nach Kamin, nach Tanne und nach frisch Gebackenem. Und tatsächlich: Auf dem Tisch stand ein Teller Kekse sowie ein amerikanischer Kuchen. Der Weihnachtsbaum war neben dem Sofa aufgebaut, das gegenüber eines Fernsehschranks stand, in dem sich ein Videorecorder und eine Bibel befanden. Überall im Zimmer lagen dicke Wolldecken herum.

"Was darf ich Ihnen anbieten? Kaffee oder Tee zum Aufwärmen? Bananensaft? Ich hätte auch noch eine Flasche Weißwein da. Und ich bin mir sicher, Tom würde es nicht stören, wenn sie eines seiner Biere nehmen."

"Kaffee wäre super. Danke!"

"Kommt sofort!"

Kirsten Schroeder verschwand in die Küche, ich sah mich weiter um. An den Wänden hingen gerahmte Fotos; Kirsten und ihr Mann bei der Hochzeit, ihr Mann bei einem Jagdausflug, Kirsten mit einem Säugling im Arm; ein kleiner Junge auf einem Boot; der selbe Junge ein paar Jahre später mit einem Gewehr in der Hand. Auf der Kommode beim Kamin standen noch mehr gerahmte Fotos mit dem Jungen, der mittlerweile zum Teenager herangewachsen war. Um die Fotos herum standen Glückwunschkarten, sowie mehrere noch verpackte Geschenke. Auch eine Trophäe war dabei: *Class A Champion, Maine High School Hockey.* Ich nahm mir eines der Fotos und betrachtete es mir genauer: Auf ihm war der Junge, mittlerweile ein junger Mann, gemeinsam mit einer jungen Frau vor einer Fotowand zu sehen. Er trug einen schwarzen Anzug, der ihm ein paar Nummern zu groß war, und dazu ein hellgrünes Hemd mit einem riesigen Kragen, der über dem Kragen des Sakkos lag. Das Hemd war ein paar Knöpfe zu weit geöffnet, vermutlich damit man die anhängerlose Silberkette sah, die er um den Hals trug. Das Mädchen trug einen schlichten, eng geschnittenen roten Minirock. Sie hatte ihre blonden Haare mit einer Dauerwelle frisiert und trug ein weißes Blumenbouquet im Arm. Am unteren Ende des Fotos war in goldenen Lettern *Prom, 1990* aufgedruckt. Nach ein paar Minuten kam Kirsten mit dem Kaffee zurück. Als ich sah, dass sie sah, dass ich das Foto in der Hand hielt, stellte ich es wieder zurück.

"Tun Sie sich keinen Zwang an", sagte Kirsten. "Zum Anschauen sind sie doch da."

"Ich nehme an, das ist Thomas?"

"TJ."

"TJ?"

"Thomas Matthew Schroeder Junior. Wir nennen ihn TJ. Tom oder Thomas wird eigentlich nur sein Vater genannt."

"Verstehe. Er war ein süßes Kind."

"Oh ja. Haben Sie Kinder, Klara?"

"Ja, eine Tochter. Hari."

"Hari?"

"Kurz für Hannah-Rivka. Ihr Vater wollte Hannah, ich wollte Rivka. Eine Einigung war unmöglich, also haben wir uns für beide entschieden."

"Ein schöner Name."

"Danke. *Nur* Rivka hätte ich allerdings besser gefunden."

Ich ging hinüber zum Tisch und setzte mich. Dann nahm ich einen Schluck vom Kaffee. Nach dem Totalreinfall des Motel-Kaffees befürchtete ich, dass auch der Schroedersche Kaffee zu dünn ausfallen würde, aber ich wurde eines besseren belehrt.

"Danke", sagte ich.

"Nichts zu danken."

"Auch, dass Sie sich Zeit für mich nehmen."

"Wie ich Ihnen bereits geschrieben hatte, Klara: Ich bin froh, dass ich endlich einmal Gelegenheit bekomme, unsere Version der Geschichte zu erzählen."

Ich griff mir meine Tasche und holte mein Diktiergerät sowie mein Notizbuch heraus. Ich vergewisserte mich, dass das Band zurückgespult war und positionierte das Diktiergerät zwischen uns, das Mikro auf Kirsten gerichtet. Dann öffnete ich mein Notizbuch, bereit mit den ersten Fragen zu beginnen, als der Brief heraus segelte und auf dem Wohnzimmerboden landete. Kirsten schenkte ihm keine Beachtung - warum auch? -, ich lief dennoch rot an. Schnell hob ich ihn wieder auf und steckte ihn zurück in meine Tasche, in der Hoffnung, dass er diesmal auf Nimmerwiedersehen darin verschwinden würde. Eigentlich hatte ich geplant, den Brief am Neujahrstag zu öffnen, es aber nicht getan, sondern das Öffnen auf den Flug verschoben. Während des Flugs hatte ich ihn aber ebenfalls nicht geöffnet, sondern das Öffnen weiter aufs Hotel verschoben. Aus dem Hotel war dann nichts geworden und während der Fahrt nach Maine, verschob ich das Öffnen ein weiteres Mal aufs

Motel, aber auch im Motel hatte ich ihn nicht geöffnet. Jedes Mal vertröstete ich mich damit, dass es "nicht der rechte Moment sei", aber natürlich wusste ich, dass ich einfach nur zu feige war. Zwei Wochen lang war ich einfach nur feige gewesen.

Der Brief musste am Heiligabend angekommen sein, gefunden hatte ich ihn allerdings erst zwischen den Jahren. Als ich an jenem Nachmittag durch unseren Hauseingang trat, konnte ich bereits bei den Briefkästen Take That dröhnen hören. Ich wusste, was das bedeutete: Haris Schwestern, die Zwillinge, waren zu besuch. Und tatsächlich: Je näher ich unserer Wohnung im fünften Stock kam, umso lauter wurde das Gekreische der Mädchen. (Allerdings war ich froh, dass die Zwillinge sich ausnahmsweise mal einen anderen Song als *Back for Good* zum Mitkreischen ausgesucht hatten.)

Hari und ich lebten gemeinsam mit Johannes in einer 4 Zimmer-Wohnung auf der Ackerstraße, unweit vom Rosenthaler Platz. Johannes hatte die Wohnung kurz nach dem Mauerfall gemietet, sie aber kaum bewohnt, da er die meiste Zeit des Jahres unterwegs war. Als ich nach dem Tod meiner Mutter aus Schöneberg weg wollte, hatte er uns angeboten, einfach bei ihm einzuziehen, und da Hari ein großer Johannes-Verehrer war und ich sowieso lieber in eine WG wollte, mussten wir nicht lang überlegen und nahmen das Angebot an. Die Wohnung war knapp 100qm groß, jeder von uns hatte sein eigenes Zimmer, zusätzlich dazu ein Wohnzimmer, eine Küche, ein Bad sowie einen Balkon. Der einzige Nachteil war, dass wir selbst anschüren mussten. Inmitten des Wohnzimmers stand - sehr zur Freude von Hari - Johannes riesiger Fernseher, der einmal bei Springer vom Laster gefallen war, und darauf sein Super Nintendo. Davor ein Ecksofa, was für Besucher immer etwas seltsam aussah, stellte man doch Ecksofas normalerweise in eine Ecke, aber Hari und ich fanden, dass es so viel praktischer war, da man die Rückseite des Sofas benutzen konnte, um Bücher daran zu stapeln. Generell war das Wohnzimmer voll mit kleinen und größeren Bücherstapeln, einzig den Esstisch versuchten wir mehr oder weniger Bücherfrei zu halten. In Haris und meinem Zimmer sah es, was die Ordnung betraf, nicht viel besser aus. Nur Johannes Zimmer war halbwegs vorzeigbar, was aber auch nur daran lag, dass er fast nichts besaß. In seinem Zimmer stand einzig ein alter Schreibtisch, ein kleines Bücherregal sowie eine Matratze samt Lattenrost, allerdings ohne Bettgestell. Auf dem Schreibtisch stand seine elektrische Schreibmaschine sowie ein ungelesener Stapel Bücher von Noam Chomsky, die er sich einmal besorgt hatte, um ein Mädchen zu beeindrucken - das war's.

"Ich wusste gar nicht, dass Take That heute in Berlin spielen", rief ich in Richtung Wohnzimmer, während ich meine Schlüssel in die kleine Schale auf den Garderobenschrank fallen ließ, die Post daneben legte und mit meinem rechten Fuß die Tür hinter mir schloss.

"Mama?", erwiderte Hari. "Schon wieder da?"

"Ging schneller als gedacht."

Ich ging zum Wohnzimmer und zog mir dabei den total durchnässten Mantel meiner Mutter aus. Kurz fragte ich mich, ob ich ihn bis zur Abreise noch trocken bekommen würde, aber dann sah ich ihn mir genauer an und stellte fest, dass die Frage eher lauten müsste, ob ich ihn *jemals* wieder anziehen kann oder ob ich ihn durch den Spaziergang bei dieser Witterung nicht ein für alle Mal zerstört hätte. Ich legte ihn dennoch auf die Ofenbank und hoffte aufs Beste. Dann begrüßte ich die Mädchen.

"Lotte, Pauli- was macht ihr denn hier?"

Lotte lag auf dem Bauch auf den Fußboden, hatte den Super Nintendo-Controller in der Hand und stierte gen Fernseher; Pauli hingegen hatte eine Gurke in der Hand, die als Mikrophon herhalten musste, hüpfte auf dem Sofa herum und versuchte *Never Forget* mitzusingen, was ihr aber nicht nur aufgrund der mangelnden Englischkenntnisse, sondern auch aufgrund ihres gesanglichen Unvermögens auf allen Ebenen misslang (süß war es trotzdem). Hari saß *lässig* mit einem angewinkelte Bein neben ihr und sang gelegentlich mit, allerdings kichernd und *mehr so ironisch*, war doch Hari mit ihren 15 Jahren aus dem Take That-Alter längst raus und bereits in der *richtigen* Musik angekommen (innerhalb von nur 15 Monaten hatte es Hari vom Mariah Carey-Superfan zum Smashing Pumpkins-Superfan zum Tocotronic-Superfan geschafft). Die Zwillinge waren fünf Jahre jünger als Hari und damit im *perfekten* Take That-Alter.

"Donkey Kong spielen…", antwortete Lotte kurz und knapp und ohne vom Fernseher wegzuschauen.

"Eigentlich wollten wir uns mal euren Baum anschauen", erwiderte Pauli.

"Den Baum? Du meinst den Weihnachtsbaum?"

"Genau!"

"Jetzt sag nicht, euer Papa hat euch keinen Weihnachtsbaum gekauft?"

"Nee. Er mag den Geruch nicht…"

"*Er mag den Geruch nicht…*, ich schüttelte den Kopf, "Euer Papa ist echt ein Spinner. Das wisst ihr, oder?"

Die Zwillinge mussten kichern.

"Mama, *bitte!*", ermahnte Hari, aber *mehr so ironisch*.

Erst jetzt sah ich, dass Hari ein Sektglas in der Hand hielt und auf dem Sofatisch die Flasche stand, die ich zum Heiligabend geöffnet hatte.

"Was trinkst *du* denn da?"

"Ich?"

"Ja, *du!*"

"Den letzten Rest vom Sekt. Wieso?"

"Sag mal, geht's noch? Mal abgesehen davon, dass du erst 15 bist, wird hier sicherlich zum Nachmittag noch kein Sekt getrunken! Und wenn, dann nicht von dir und schon gar nicht vor den Kindern!"

"Wir haben auch schonmal Sekt getrunken!", erwiderte Pauli fast schon selbst beleidigt.

"Stimmt", fügte Lotte hinzu. "Haben wir!"

"Ja, ihr habt *mal* Sekt getrunken. Aber nicht einfach so mal zum Freitagnachmittag!"

Ich ging zu Hari und nahm ihr das Glas aus der Hand. Dann

schnappte ich mir die Flasche und trug beides hinüber in die Küche. Ich stellte die Flasche in unseren Altglaskorb unter der Spüle, das Glas trank ich selbst aus.

"Übernachtet ihr hier?", rief ich, während ich mir die Kaffeekanne aus der Maschine nahm, um sie mit Wasser zu füllen.

"Nee, Papa kommt uns gleich abholen."

"Ich wusste gar nicht, dass ihr kommen wolltet."

"Hari hatte es auch vergessen", sagte Lotte.

"Ja, ich hatte vergessen, es in den Kalender einzutragen. Sorry!", sagte Hari. "Wie war dein Geschäftsessen?"

"Ach, frag nicht…"

Nachdem ich genug Wasser für vier Tassen in der Kanne hatte, füllte ich das Wasser in die Maschine, bevor ich Kaffee in die Filtertüte gab und zu guter Letzt die Maschine anstellte. Dann ging ich zurück ins Wohnzimmer und ließ mich neben Hari aufs Sofa fallen.

"So gut lief es also?"

"Ja, *so gut* also."

"Ich nehme an, du willst uns die Details ersparen?"

"Wirklich nicht der Rede wert, Hari…"

Ich hatte mich mit meinem Verleger getroffen, der über den Stand des Buches aufgeklärt werden wollte. Da ich schlecht im Lügen bin, erzählte ich ihm die Wahrheit: Es ging schleppend voran und ich wußte nicht, woran es lag. Er fragte, ob ich Hilfe bräuchte, ob wir einen Dritten hinzuziehen sollten, und ich erwiderte *vielleicht*, aber vorher wollte ich noch ein letztes Interview abwarten. Mit ein bisschen Glück würde dieses Interview ein *Framing Device* bilden und alles wär gut. Er nickte. Dann fragte ich, ob der Vorschuss noch einmal erhöht werden könnte, er sah mich genervt an und das Gespräch war beendet.

"Und was ist mit dir? Wie lang hast du heute wieder geschlafen?"

"Bis die Mäuschen gekommen sind. Kurz vor 12 oder so."

"Wir waren erst kurz vor eins da!", berichtige Lotte.

"Kurz vor eins dann."

Hari schlief unendlich viel, nicht selten 16 Stunden am Tag. Oft juckte es mir in den Stimmbändern und ich wollte sie ermahnen, doch bitte früher aufzustehen, ließ es dann aber doch bleiben, weil ich wusste, dass ich sie nur wegen des Vielschlafs ermahnen wollte, weil es sonst einfach *nichts* zu ermahnen gab; Hari war eine herausragende Schülerin, hatte ein gesundes Sozialleben und übertrieb es auch mit der Feierei nicht. Man sagt es gern über das eigene Kind, aber bei Hari stimmte es einfach: Ich konnte mir keine bessere Tochter wünschen.

"Verstehe."

"Was soll man auch anderes machen, bei der Dunkelheit und dem Schnee…"

"Schlittenfahren im Volkspark!", erwiderte Pauli.

"Stimmt! Schlittenfahren", schloss sich Lotte an.

Hari sah mich an und verdrehte ihre Augen. Als Pauli sah, dass sich ihre größere Schwester über sie lustig machte, rief sie *Hey!*, woraufhin Hari rot anlief, woraufhin Pauli zu kichern begann und kurz darauf auch Lotte mit einstimmte, obwohl Lotte gar nicht wusste, was überhaupt passiert war. Ich konnte mir nicht helfen, aber in diesem Moment sahen sich die drei Mädchen so *dermaßen* ähnlich, dass man kaum glauben konnte, dass Hari "nur" die Halbschwester der Zwillinge war.

Die Zwillinge waren Gregors Kinder aus zweiter Ehe mit Mira Kolwitz. Mira Kolwitz wurde von allen in unserem Freundeskreis nur "das Kind" genannt. Nicht nur aufgrund dessen, dass sie ganze zehn Jahre jünger als Gregor war, sondern insbesondere weil sie mit so einer unendlich piepsigen Stimme sprach, dass man, wenn man sie nicht kannte, dachte, dass das ein Scherz sein *musste* (aber nein: kein Scherz!). Gregor hatte sie kennengelernt, als er seine Professur an der FU begann. Mira war - wie sollte es anders sein - Erstsemestlerin und wie sie selbst nicht müde wurde zu betonen: *sofort in ihren Prof verschossen.* Ich bin mir ziemlich sicher, dass Gregor nicht vorhatte, mit Mira eine *längere* Beziehung einzugehen, aber wer konnte auch ahnen, dass sie beim dritten Vögeln gleich schwanger wird. Um allen an der Uni peinliche Blicke zu ersparen, hatte Mira das Studium daraufhin geschmissen und sich mit voller Energie der Kindererziehung gewidmet. Gelegentlich sprach sie davon, irgendwann einmal das Geschichtsstudium wieder aufzunehmen, aber wir wussten alle, dass das nicht passieren würde, denn sie interessierte sich ja überhaupt nicht für Geschichte! Ein paar Jahre zuvor waren wir einmal in großer Runde zum Abendessen bei ihnen eingeladen und unterhielten uns fast eine Stunde lang über den Peloponnesischen Krieg und dann am Ende fragte Mira doch ernsthaft: "Aber wenn Athen gegen Sparta gekämpft hat, wer waren dann die Peloponnesier?" Gregor war sofort rot geworden und ich hatte mich vor Lachen nicht mehr einbekommen, was im Nachhinein natürlich gemein war (Johannes hatte mir während des Anfalls auch ermahnend auf den Fuß getreten), aber ich war betrunken, was sollte ich machen? Als Gregor Mira kennenlernte, waren er und ich bereits ein paar Jahre geschieden. Nachdem ich mit Hari schwanger geworden war und mich dazu entschlossen hatte, sie zu behalten, hatten wir beide uns noch einmal zusammengerauft. Die ersten Monate ging es mehr oder weniger gut, aber es dauerte nicht lang und die alten Konflikte brachen wieder aus und ehe wir uns versahen, taten wir den lieben langen Tag nichts anderes, als uns zu streiten. Allerdings kein produktives Streiten, welches im besten Fall in kathartischen Sex endete, sondern ermüdendes und immergleiches Streiten, das wirklich *nie* in irgendwas Brauchbaren und schon gar nicht in Sex endete. Dieser Umstand, gepaart damit, dass wir uns eigentlich um ein permanent schreiendes Baby zu kümmern hatten, ließ uns einsehen, dass es wohl einfach nicht sein sollte mit uns. Ohne großes Drama ging die Scheidung über die Bühne und wir als mehr oder weniger Freunde auseinander. Wir zogen aus der gemeinsamen Wohnung aus, ich zurück zu meiner Mutter, die zu dieser Zeit schwer krank war, und er zu irgendeiner Trulla, von der man munkelte, dass sie aus dem Osten geflohen war. Wie dem auch sei. Ich konnte mit Mira nicht viel anfangen und musste es auch nicht. Als Mutter muss sie allerdings ein paar Sachen richtig gemacht haben, da die Zwillinge doch ganz liebenswürdige Geschöpfe geworden waren. Und ja, vielleicht hatte auch Gregor seinen Teil dazu beigetragen, denn so nervig er auch als Mann bzw. Lebenspartner bzw. Liebhaber war, so war er als Vater gar nicht mal *so* schlecht. Sicher, er hatte immer noch viel Besserwisserisches an sich und warf mit mehr unnützen Wissen herum als die Sendung mit der Maus, aber wenn die Kinder was brauchten, dann war er da - von Weihnachtsbäumen einmal abgesehen.

"Willst du auch nen Kaffee?", fragte ich Hari.

"Hast du einen aufgesetzt?"

"Hörst du doch oder nicht?"

"Ah! Stimmt. Ja, ich würde einen nehmen. Sollte mir helfen, mich von dem *halben Glas Sekt* auszunüchtern…"

Ich stand auf und ging zurück in die Küche, aber nicht ohne mir im Flur die nassen Strümpfe auszuziehen. In der Küche nahm ich mir zwei Tassen von der Geschirrablage und die Kanne aus der Maschine. Gerade als ich die zweite Tasse einschenken wollte, klopfte es an der Tür.

"Ist das schon euer Papa?", rief ich in Richtung Wohnzimmer.

"Ja, es ist schon der Papa", hörte ich Gregor hinter der Wohnungstür grummeln.

"Eine Sekunde!"

Ich goss die zweite Tasse ein, dann öffnete ich Gregor die Tür. Er sah fürchterlich aus: Aufgedunsenes Gesicht, einen Dreitagebart, der aufgrund der geringen Haardichte allerdings mehr lächerlich als maskulin-anziehend aussah, rote Nase, rote Augen auf Halbmast.

"Du siehst fürchterlich aus, Gregor."

"Freut mich ebenfalls dich zu sehen, Klara. Und frohe Weihnachten nachträglich!"

Ich hielt ihn die Tür auf, Gregor trat ein.

"Frohe Weihnachten kann man nicht nachträglich wünschen. Nur mal so. Und was ist mit dir? Bist du krank?"

"Seh ich so aus?"

"Als stündest du mit einem Bein im Grab."

"Dass du damals nicht unter die Detektive gegangen bist, ist wirklich eine Schande, Klara. Aber falls du es genau wissen willst: Ja, ich *bin* krank. Seit über einer Woche schon! Die schlimmste Grippe meines Lebens. Manchmal wache ich auf und denke, es wird besser, nur um nochmal aufzuwachen und festzustellen, dass das mit dem Besserwerden nur ein Traum gewesen war. Es ist wirklich ein Trauerspiel. Aber egal. Waren die Kinder brav?"

"Bin auch eben erst rein."

"Verstehe."

Dann rief Gregor an mir vorbei in Richtung Wohnzimmer: "Pauli, Lotte- Abmarsch!"

"Komm doch erst noch mal rein, Papa!", rief Pauli zurück. "Der Weihnachtsbaum ist so schön! Den musst du sehen!"

"Nee, heute nicht, Mini-Krümel. Ich will mir nicht erst die Stiefel ausziehen."

"Ach, Papa… ich muss doch noch diese Riesenkrähe besiegen!", schaltete sich Lotte ein.

"Die kannst du auch das nächste Mal besiegen!"

"*Nein, ich mach das jetzt!*"

Wie seine älteste Tochter keine fünf Minuten zuvor, verdrehte nun auch Gregor die Augen und wandte sich wieder mir zu.

"Wie war Heiligabend?"

"Gut. Entspannt. Bei euch?"

"Zum Selbstmord einladend. Miris Eltern waren da."

"Findest du es nicht seltsam, dass du fast so alt bist wie ihr Vater?"

"Ihr Vater ist dieses Jahr *sechzig* geworden!"

"Naja, viel fehlt nicht."

"Ach, halt die Klappe! Habt ihr beide allein gefeiert?"

"Am Vormittag war Johannes noch da. Am eigentlichen Abend waren wir nur zu zweit, ja."

"Hör mal, ich weiß, es geht mich nichts an, aber… was ist mit deinem Vater? Willst du ihn nicht mal besuchen?"

Ich warf Gregor einen alles vernichtenden Blick zu. Wären die

Kinder nicht da gewesen, hätte ich ihn mit Sicherheit Schimpfwörter an den Kopf geschmissen, aber vermutlich hatte er sich auch nur aus diesem Grund getraut, mir überhaupt diese Frage zu stellen.

"Ich mein ja nur! Er muss mittlerweile auch siebzig sein, oder? Wäre vielleicht nicht so schlecht, wenn du und Hari noch ein paar gemeinsame Jahre mit ihm habt."

"Hari kann tun und lassen was sie will. Ich hoffe, du willst nicht implizieren, dass ich ihr verbiete, ihren Großvater zu sehen!"

"Ich will überhaupt nichts *implizieren*. Was ich damit sagen will: Die Wahrscheinlichkeit, dass du es bereust, nicht mehr Zeit mit ihm verbracht zu haben, bevor er, nun ja, du weißt schon, ist nicht unbedingt klein."

"Mag sein. Ich werde es dennoch riskieren."

In diesem Moment kam Hari um die Ecke geschlurft und gab ihrem Vater einen Kuss auf die Wange. Ich verzog mich in die Küche, um Gregor eine Tasse Kaffee zu holen.

Kurz nach Haris Geburt war meine Mutter an Brustkrebs erkrankt. Die amerikanischen Ärzte waren sich sicher, alles rausbekommen zu haben, aber irgendwer hatte geschlampt, denn der Krebs hatte gestreut und es war keinem aufgefallen. Mit meiner Mutter ging es rapide bergab, aber in nahezu letzter Minute schaffte sie es in ein Flugzeug nach Berlin und ins Klinikum Steglitz. Dort wurde herausgeschnitten, Zytostatika gespritzt, bestrahlt. Wie durch ein Wunder überlebte meine Mutter, war aber stark angeschlagen. Die folgenden acht Jahre verbrachte sie zur Hälfte im Krankenhaus, zur Hälfte zuhause. Ich bin mir sicher, dass es nur an Hari lag, dass sie überhaupt weitere acht Jahre überlebte. Mein Vater blieb allerdings nur ein knappes Jahr in Deutschland, dann ging er zurück nach Florida. Von meiner Mutter erfuhr ich, dass er bereits seit zwanzig Jahren eine Affäre mit einer anderen Frau hatte. Dass er noch nicht einmal als meine Mutter im Sterben lag von dieser Frau hatte lassen können, konnte ich ihm nie verzeihen. Er sah meine Mutter nur noch ein letztes Mal bevor sie starb, ich sah ihn das letzte Mal zur Beerdigung. Vor ein paar Jahren ließ er mir durch

Gregor ausrichten, dass er ebenfalls wieder in Berlin wohnt und mit mir und Hari Kontakt suche. Ein Angebot, dass ich gern ausschlug.

"Na, Papa- alles gut?", fragte Hari, während ich eine dritte Tasse abspülte.

"Ich bin sterbenskrank, Big-Krümel. Selbst?"

"War nie gesünder. Du: Vergiss nicht, dass du noch für Hastings überweisen musst!"

"Für Hastings?"

"Die Klassenfahrt im Februar, Papa. Ich hatte dich vor zwei Wochen erst dran erinnert."

"Ah stimmt! Tschuldige. Die Daten hattest du mir gegeben, richtig?"

"Oh Gott- *ja*, Papa! Schon im Oktober!"

"Okay, okay... ich hab schon verstanden. Ich werd gleich noch bei der Bank vorbei."

"Danke."

Hari schlurfte wieder davon. Ich hatte mittlerweile die Tasse trocken und den Kaffee eingefüllt. Während ich ein wenig Sahne dazu gab, rief Gregor in meine Richtung: "Sag mal, diese Mahnungen hier, Klara... Willst du die Rechnungen nicht mal zahlen?"

Gregor hatte die Post auf der Garderobe entdeckt.

"Ich mein: Du *musst* nicht. Kannst deiner Tochter auch nur Schulden vererben. Hätte auch mal was..."

"Ich würde es wirklich begrüßen, wenn du meine Post in Ruhe lassen würdest, Gregor. Außerdem: Bist du dir sicher, dass die Mahnungen nicht an Johannes adressiert sind?"

"Stimmt. Ein paar davon sind wirklich für Johannes. Das ändert aber nichts an meiner Aussage."

Ich hielt Gregor die Tasse hin.

"Wir können nicht alle Charlottenburger Universitätsprofessoren sein, Gregor. Manche von uns brauchen ein paar Wochen länger, um Rechnungen begleichen zu können."

"Bei mir wächst das Geld auch nicht auf den Bäumen, Klara. Wie du weißt, bin ich Alleinverdiener in unserer Familie."

"Dennoch findest du immer genug davon, um dir einen neuen Wagen, ein Ferienhaus in Mecklenburg und nen Familienurlaub in die Dominikanische Republik leisten zu können."

Finanziell trennt sich spätestens zum Ende der Dreißiger die finanzielle Spreu vom finanziellen Weizen, und man sieht die eine Gruppe an der anderen auf finanzielles Nimmerwiedersehen vorbeiziehen. So lief das nunmal. Unangenehm wurde es erst dann, wenn es der eigene Bekanntenkreis war, der an einem vorbeizog. Oder noch schlimmer: Die Freunde! Ich kannte kaum jemanden, der sich *nicht* irgendein "Objekt" in Ostberlin gekauft hatte. Jeder schien mit irgendwas einen Haufen Geld zu verdienen, nur ich nicht. Aber das war gar nicht das eigentliche Problem. Das eigentlich Problem war, dass mir das normalerweise nie etwas ausgemacht hat, aber urplötzlich schon und ich wusste nicht warum. Manchmal dachte ich, dass es mit Hari zu tun hat, aber ich wusste natürlich, dass das - wenn überhaupt - nur bedingt stimmen konnte, denn kaum etwas interessierte Hari weniger als Geld und Immobilien und kaum jemand war genügsamer als sie. Obwohl: Genügsam trifft es gar nicht richtig, sie stand einfach *über* materiellen Dingen. Sie war - man kann es nicht anders sagen - *zu cool* dafür. Ich war mir sicher, dass ich irgendwann auch einmal wie Hari gedacht und über den Dingen gestanden hatte, es aber jetzt nicht mehr tat, und ich fragte mich, warum? Was war nur passiert in den letzten 20 Jahren?

"Nun, ich…", begann Gregor, aber kam nicht weit, da er einen Hustenanfall erlitt, der ihn nochmal bedeutend kränklicher aussehen ließ.

"Armer Trottel. Nimm nen Schluck vom Kaffee, dann fahr nach Hause und leg dich ins Bett. Das ist ja nicht mit anzusehen!"

"Ich versuch's ja! Wenn die Kinder nur endlich mal…"

Dann gleich nochmal ein Hustenanfall. Dieser so stark, dass er sich an der Kommode abstützen musste, wovon die Post auf den Boden fiel. Ich hob sie auf und legte sie auf die Sitzbank. In diesem Moment kamen die Zwillinge aus dem Wohnzimmer, schnappten sich ihre Schuhe und Jacken und zogen sich an. Zuerst die Jacken, dann die Mützen und Handschuhe und dann ihre Stiefel. Während Pauli die Klettverschlüsse zumachte, sah sie unter der Bank etwas rauslugen. Sie bückte sich und zog es hervor. Anscheinend hatte ich nicht die ganze Post vom Boden aufgelesen, denn ein Brief war unter die Bank gerutscht.

"Wer ist Annegret Willmer, Klara?", fragte Pauli.

Ich nahm ihr den Brief aus der Hand und las den Absender. Tatsächlich: Da stand ihr Name.

"Ich… ähm… keine Ahnung."

Natürlich wusste ich sofort, wer Annegret Willmer war. Ich steckte den Brief weg, konnte aber seit diesem Moment nicht aufhören, an ihn zu denken.

Kirsten Schroeder nahm einen Keks, tunkte ihn in ihren Kaffee, bevor sie einen kleinen Bissen davon nahm und ihn wieder auf der Untertasse ablegte. Dann hob sie die Tasse, um einen Schluck zu nehmen, und zitterte dabei leicht, und ich fragte mich, ob es an ihrer Nervosität lag oder an etwas anderem, denn wenn sie nervös war, so ließ sie es sich anderweitig nicht anmerken.

"Wie wär es, wenn wir mit TJs Schulzeit beginnen?"

Während sie die Tasse wieder abstellte, atmete sie tief aus. Sie dachte kurz mit geschlossenen Augen nach, dann öffnete sie ihren Mund, aber genau in dem Moment, in dem der erste Laut herauskommen sollte, tat es auf der Veranda einen lauten Schlag. Es klang, wie als wäre etwas Morsches zerbrochen. Kirsten Schroeder sprang auf und zum Fenster hinüber.

"Ah *shit*!", sagte sie.

"Was war das?"

"Schnee. Schnee auf dem Vordach."

Sie ging in den Flur und ich folgte ihr.

"Ich hatte das Vordach erst am Morgen befreit. Aber… *fuck*! Ich hätte eigentlich wissen müssen, dass es nur ein paar Stunden dauern würde, bis es wieder bis obenhin vollgeschneit ist. Das Vordach macht uns schon seit Monaten Probleme. Zu viel Gewicht und es

kracht ein. Wir hatten eigentlich vorgehabt, es vorm Winterein-
bruch abzureisen, aber es dann doch irgendwie versäumt."

Wir zogen uns unsere Mäntel an, dann gingen wir nach draußen. Der Wind war in der vergangenen Stunde noch beissender geworden. Kirsten Schroeder nahm sich eine Leiter und eine Schaufel
aus einer Werkzeugkiste und stapfte die zwei Stufen hinunter vors
Haus.

"Entweder Sie bleiben im Haus oder Sie stellen sich davor, Klara.
Unter dem Vordach wird es gefährlich."

Ich trat die Stufen hinunter und stellte mich neben sie.

"Können Sie das kurz halten?"

Ich nahm ihr die Schaufel ab und beobachtete sie dabei, wie sie
die Leiter aufstellte und nach oben stieg. Als sie auf der dritthöchs-
ten Stufe angekommen war, streckte sie ihren Arm aus und ich gab
ihr die Schaufel zurück. Während sie das Vordach bearbeitete, sah
ich mich um.

"Geht Ihr Grundstück wirklich bis zum Wald?", rief ich.

"Ja. Toms Großeltern waren Bauern. Das waren alles mal Kartof-
felfelder. Bis letztes Jahr stand dort hinten auch noch eine Scheune."

"Was ist mit der Scheune passiert?"

"Abgebrannt. Brandstiftung."

"Wegen TJ?"

"Ja. Alle paar Wochen wird irgendwas auf unserem Grundstück
zerstört. Ich kann die kaputten Fenster gar nicht mehr zählen. Was
dieser Vandalismus bewirken soll, ist mir zwar nicht ganz klar, aber
oh well... Mehr stört mich allerdings die Post, die Hate Mail, die wir
fast täglich erhalten. Diese permanenten schriftlichen Beschimp-
fungen sind für mich irgendwie schwerer zu ertragen als zerkratzte
Wagentüren."

Ich nickte.

"Können Sie den Fluss sehen, Klara?"

"Naja, fast."

"Dort vorn gibt es eine wirklich schöne Stelle mit einem wirklich schönen Blick. Wir hatten immer gedacht, dass TJ irgendwann

einmal sein eigenes Haus dort bauen würde. Aber, nun ja, wie es mit Plänen eben so ist. Jetzt denken Tom und ich sogar selbst über einen Umzug nach. Aber natürlich denken wir nur darüber nach. Wir wissen beide, dass wir nie von hier weggehen werden. Hier…"

Sie hielt mir erneut die Schaufel hin. Ich nahm sie ihr ab und sie stieg wieder herunter.

Zurück im Wohnzimmer wärmten wir uns die Finger an den neuaufgefüllten Kaffeetassen. Ich nahm mir ebenfalls einen von Kirstens Keksen, die mich an einen Keks erinnerten, den meine Mutter immer zu backen probiert hatte, der ihr aber nie gelungen war. Ich stellte das Diktiergerät wieder an.

"Wir war TJ in der Schule? War er ein guter Schüler?"

"Nein, kein besonders guter. Aber auch kein besonders schlechter. Ironischerweise hatte er nur in Englisch das ein oder anderer Jahr Probleme. In Mathe war er dafür meist überdurchschnittlich gut."

"Ironischerweise war auch ich im Deutsch immer unterdurchschnittlich."

"You don't say?"

"Leider. Und wie sah es mit Freunden aus?"

"Ähnlich. Er hatte eine Handvoll Freunde und kam mit den meisten gut zurecht. Homecoming King war er allerdings nicht. Ab dem Zeitpunkt, als er mit Lauren zusammen kam, beschränkten sich seine sozialen Kontakte mehr oder weniger auf sie. Die beiden waren, wie man so sagt, unzertrennlich."

"Verstehe. Aber wenn die beiden so unzertrennlich waren, wie kam es dann, dass TJ zur Armee ging, wo es doch in der Natur des Jobs liegt, über längere Zeiträume von Zuhause weg zu sein?"

Kirsten nahm einen Schluck vom Kaffee und ihr Blick zuckte auf dem Tisch herum, wie als würde sie nach etwas suchen.

"Um ehrlich zu sein, Klara: ich kann es Ihnen nicht genau sagen. Laurens Vater war in der Army gewesen und Tom geht davon aus, dass TJ ihm imponieren wollte. Wer weiß. Ich glaube, dass TJ einfach noch nicht wusste, was er mit seinem Leben anstellen soll.

Die Army schien eine gute Möglichkeit, diese Frage ein paar weitere Jahre hinauszuschieben."

"Hatte er keine Interessen, Hobbies?"

"Keine, mit denen man eine Familie ernähren konnte."

"Eine Familie?"

"Am Tag ihres Abschlussballs hatten sich er und Lauren verlobt. Kurze Zeit später sprachen sie bereits von Kindern."

"Wie alt waren die beiden zu diesem Zeitpunkt?"

"Gerade einmal 18."

"Jung."

"Tell me about it! Wenn man in dem Alter aufgrund eines Unfalls ein Kind bekommt, okay, aber es in diesem Alter darauf *anzulegen*? Just stupid…"

"Wann wurde TJ dann zum ersten Mal ausgesandt?"

"Kurz nachdem die Sache mit dem Irak losging. 1989?"

"1990."

"Stimmt, 90! Wie dem auch sei. TJ hasste die Army vom ersten Moment an, allerdings fand er in seiner Einheit schnell Freunde. Unter anderem diesen John Barley."

"Und wann begann er mit dem Schreiben?"

Kirsten nahm einen weiteren Bissen von ihrem Keks.

"Es gab in der Tat einen Schlüsselmoment: Als der Irak damit begann, Scud-Raketen auf Israel abzufeuern."

"Warum gerade dann?"

"Sie als Historikerin kennen sich mit der Thematik bestimmt besser aus als ich, aber soweit ich weiß, war Israels Politik immer die der Vergeltung - bei Angriff Gegenangriff. Während des Golfkriegs übte President Bush allerdings Druck auf Israel aus, von direkter Vergeltung abzusehen, da er befürchtete, dass das die Koalition gegen den Irak zerreißen würde."

"Und sich der ein oder andere Staat aus der Koalition auf die Seite des Iraks stellen würden."

"Genau. Also blieb Israel nichts anderes übrig, als den Irak gewähren zu lassen, was mehreren dutzend Israelis das Leben gekostet hat. Diese Ungerechtigkeit hatte TJ so sehr geschockt, dass er anfing, kleinere Essays zu schreiben, die den Umgang der Bush-Regierung mit Israel sowie dem Antisemitismus der muslimischen Staaten im Mittleren Osten anprangerten. Einer seiner Vorgesetzten bekam davon Wind und half TJ, zwei Essays in der National Review - einer *erzkonservativen* Publikation - unterzubringen. Wie Sie sich denken können, ohne größere Probleme; ein aktiver Soldat, der sich für den Schutz Israels ausspricht..."

"Und die Kritik an der Bush-Regierung fiel wahrscheinlich dem Schneidebrett zum Opfer."

"You bet! Das ging aber nur bei seinen ersten Artikeln. Seine späteren Artikel äußerten sich bereits so *dermaßen* kriegskritisch, dass die National Review diese dankend ablehnte. TJ publizierte daraufhin im American Prospect, Mother Jones und noch ein paar anderen, deren Namen ich mittlerweile vergessen habe. Aus nicht einmal zwei Jahren Dienst hatte er fast zwanzig Artikel herausgeholt! Ich kann Sie Ihnen gern alle zeigen."

"Hatte TJ überlegt, eine Karriere aus dem Schreiben zu machen?"

"Ja. In seinem letzten Brief hatte er uns darüber unterrichtet, dass er plante, nach dem Dienst Journalismus an der NU zu studieren."

"NU?"

"Northwestern University. Mit seinem CV hatte er auch gute Chancen, angenommen zu werden."

"Obwohl ihm Islamophobie nachgesagt wurde?"

"TJ war keineswegs islamophob, sondern hatte sich nur in dem einen oder anderen Artikel kritisch mit der Religion auseinandergesetzt. In seinen Aussagen war er nicht kritischer als andere Journalisten in diesen Jahren. Nein, Fakt ist, dass TJ aufgrund seiner Kritik am Krieg eine Zeit lang sogar als Held der Linken galt. Aber das passt im Nachhinein natürlich nicht mehr ins Narrativ. Da ist so eine Islamphobie schon passender. Genauso wie die halbe Presse mich und Tom zu irgendwelchen christlichen Fundamentalisten machen wollte."

"Das wollte ich fragen…"

"Es stimmt: Wir sind ein protestantisches Haus und versuchen jeden Sonntag in die Kirche zu gehen; Tom und ich glauben an Gott und haben auch TJ in diesem Glauben erzogen. Aber wir haben weder etwas gegen Homosexuelle noch gegen Sex vor der Ehe noch sonst irgendwelche extremen Ansichten. Tom und ich rauchen sogar gelegentlich Joints, if you can believe it! Wie wir teilweise von der Presse gelyncht wurden, das war… schwer zu ertragen."

Ich nickte.

"Aber nochmal zurück: Wieso hat TJ das Studium nicht begonnen, wo er doch so gute Startvorraussetzungen gehabt hat?"

"Sie meinen, was passiert war?"

"Ja."

Kirsten nahm einen weiteren Bissen von dem Keks, und ich fragte mich, wie viele Bissen sie wohl noch aus diesem kleinem Gebäck herausholen würde.

"Lauren hatte die Verlobung aufgelöst. Sozusagen von einem Tag auf den anderen. Sie hatte einen Musiker kennengelernt, dem sie nach New York gefolgt war. Das war kurz vor dem Ende von TJs zweiter Tour."

"Oh…"

"Ein letztes Mal schrieb er uns noch; sagte, dass er erstmal mit diesem John Barley nach Florida geht, um den Kopf frei zu bekommen. Die ersten Wochen dachten wir uns nichts dabei. Er war ein junger Mann, dessen Verlobte sich von ihm getrennt hatte. Wer konnte ihm verdenken, wenn er für ein paar Monate einfach nur machte, wonach ihm der Sinn stand? Nach einem halben Jahr machten wir uns dann allerdings doch erhebliche Sorgen und suchten Kontakt mit ihm, aber es war kein Durchkommen mehr. Und dann…"

"Und dann?"

"Und dann… dann gab es kein dann mehr. Das nächste Mal hörten wir erst wieder von TJ, als auch alle Welt von ihm hörte."

Kirsten nahm sich den letzten Bissen vom Keks und schluckte ihn ohne zu kauen hinunter.

"Klara, was halten Sie davon, wenn ich uns eine Flasche Wein öffne?"

Ich sah auf die Uhr. Es war kurz vor 15 Uhr.

"Ähm… sicher. Warum nicht?"

Kirsten verschwand für ein paar Minuten in der Küche, dann kehrte sie mit einer Flasche sowie einem Tetrapack zurück. Sie öffnete die Weinflasche und schenkten uns jeden ein Glas ein, dann öffnete sie den Tetrapack und gab etwas davon in ihr Glas.

"Weißwein und Bananensaft?", fragte ich.

"Ich weiß, ich weiß. Es muss fürchterlich aussehen und ist es mit Sicherheit auch, aber so habe ich in meiner Jugend angefangen, Wein zu trinken und so ist er mir auch heute noch am liebsten. Bitte verurteilen Sie mich nicht! Ich hab schon genug *on the plate*."

"Hören Sie, Kirsten: Ich bin Verteidigerin von Kartoffelchips auf Eiscreme. Zwingen Sie mich nur nicht…"

"Probieren Sie doch mal!"

"…es zu probieren."

"Es ist wirklich nicht so schlecht. Außerdem haben Sie dann in Deutschland was zu erzählen. Von wegen unkultivierte Amerikaner und so."

"Okay, okay."

Ich trank einen Schluck vom Wein, dann füllte ich das Abgetrunkene mit Bananensaft wieder auf, dann nahm ich einen weiteren. Der Bananensaftweißwein schmeckte genau wie man es sich vorstellt: Wie Bananensaft gemischt mit Weißwein.

"Und?", fragte Kirsten erwartungsvoll.

"Nicht meine Lieblingsart Weißwein zu trinken."

"Aber trinkbar ist es schon, oder? Ein wenig?"

"Trinkbar ist es schon, ja. Ein wenig."

"Mehr wollte ich nicht hören."

Wir stießen an, und es dauerte nicht lang und die erste Flasche war ausgetrunken. Dabei redeten wir über unsere Kindheit und

Jugend, die Unterschiede in den Schul- und Universitätssystemen. Sie erzählte Geschichten aus TJs Kindheit und ich erzählte ihr von Hari. Irgendwann holte Kirsten einen Aschenbecher und einen kleinen Beutel, in dem sie ihr Gras und Blättchen aufbewahrte, hervor und drehte sich einen Joint. Wir teilten ihn und irgendwann holte ich meine Zigaretten heraus und wir teilten auch diese. Die Sonne war mittlerweile untergegangen und der Wind hatte noch weiter zugenommen und rüttelte an den dünnen, amerikanischen Wänden. Sie erzählte mir, wie schwer die Geschichte mit TJ für die Beziehung mit ihrem Mann gewesen war, aber wie ihre Ehe am Ende doch gestärkt aus allem hervorgegangen war. Ich erzählte ihr von der Krankheit meiner Mutter und der Affäre meines Vaters, von Hari und der turbulenten Beziehung, die ich mit ihrem Vater hatte. Kirsten nickte und öffnete eine zweite Flasche Wein. Nachdem sie noch einmal nachgeschenkt hatte, fragte sie: "Und: Sind Sie momentan in einer Beziehung?"

Ich war überrascht von der Frage und lief rot an, obwohl es doch eine der normalsten Fragen überhaupt und eigentlich zu erwarten war. Kirsten musste lachen und sagte: "Ich nehm das als ein Ja."

"Ich… nun…"

"Sie müssen nicht darüber reden, wenn Sie nicht wollen."

Ich wusste nicht, ob es am Wein lag oder an dem Joint oder einfach daran, dass ich fast 6000 Kilometer von zuhause weg war und hier niemanden kannte, aber ich fühlte mich seltsam frei, also erzählte ich ihr die Wahrheit.

Um mich von der Krankheit meiner Mutter abzulenken, hatte ich Hari bei ihrem Vater abgegeben und war gemeinsam mit Johannes für ein paar Tage nach Frankfurt gefahren. Johannes schrieb zu der Zeit eine Story über den Schwarzen Montag von 1987, dem ersten Börsencrash seit dem Zweiten Weltkrieg, und traf sich in der Stadt mit Bankern, Computerprogrammieren und Ökonomen, um herauszufinden, was an diesem Tag wirklich passiert war. Es gab zwar einige Erklärungsversuche, allerdings noch keine wirklich allumfassende und allgemein anerkannte Erklärung des Crashs, denn neben einem Vertrauensverlusts in den Dollar und einem schwächelnden Devisenmarkt, schienen auch neuartige Computersysteme für den Crash verantwortlich zu sein und vieles deutete darauf hin, dass sich diverse Systeme, die zur dynamischen Absicherung der Portfolios zuständig waren, verselbstständigt hatten, was zu einem Kaskaden-Effekt im Markt geführt und dem Crash erst seine Wucht gegeben hatte. Die Tage verbrachten Johannes und ich mit der Arbeit (ich half ihm bei der Recherche), die Abende mit dem Trinken. Ich war nie vor 2 Uhr im Bett, Johannes nie vor Sonnenaufgang. Am vierten Morgen unserer Reise - Johannes schlief noch seinen Rausch aus - machte ich einen Spaziergang hinunter zum Main, um meinen Kopf freizubekommen. Es war ein kalter Herbsttag und mein Kopf tat weh, und ich rauchte, obwohl ich eigentlich kurz zuvor aufgehört hatte. Es war der 9. November 1988 und in der Nacht zuvor hatte George H. W. Bush die Präsidentschaftswahlen in den Vereinigten Staaten gewonnen; das dritte Mal in Folge, dass ein Republikaner die Wahl für sich entscheiden konnte. Ich holte mir bei einer Bäckerei einen Kaffee und trank ihm noch im Laden. Einen Eclair nahm ich auf die Hand mit und aß ihm im Gehen. Am Main angekommen setzte ich mich auf die erstbeste Bank, steckte mir eine weitere Zigarette an und beobachtete eine Schwanfamilie dabei, wie sie flußseitwärts trieb. Der Himmel war grau und es regnete, und man spürte, dass der erste Schnee nicht mehr lange auf sich warten lassen würde. Meine Gedanken waren leer und ich war kurz davor einzuschlafen, als ich plötzlich eine männliche Stimme hinter mir rufen hörte.

"*Klara?* Klara *Weiss?*"

Ich erschrak und atmete dabei falsch ein und musste husten. Dann drehte ich mich um.

"*Klaus?*"

"Klara!"

Da stand er tatsächlich. Seine Haare waren lichter geworden und sein Gesicht runder, aber ansonsten hatte er sich kaum verändert.

Er trug einen Blaumann, der schon bessere Tage gesehen hatte, in der rechten Hand einen Helm und in der linken einen Koffer.

"Was machst *du* denn hier? Ich glaub es ja nicht!"

"*Ich?* Ich bin hier auf Recherche. Was machst *du* denn hier?"

"Ich bau den Messeturm!"

"Is nicht wahr."

"Jaja. Die Hochtief hat den Zuschlag bekommen."

Klaus machte eine Pause und sah mich an. Seine Augen musterten mein Gesicht, meinen Hals und meine Haare, und ich konnte sehen, dass er nach den Worten suchte.

"Du siehst… *gut* aus", bekam er am Ende heraus.

Ich musste lachen und erwiderte: "Du auch."

"Mein Gott! Wie lang ist das jetzt her? 10 Jahre?"

"Fast. Oder? Wann war das? 79?"

"Ja. Ich glaub, du hast recht. Du warst da, als das mit der Moschee passiert ist, oder?"

"Genau. Ja."

"Meine Güte! Was für ein Zufall!"

"Du sagst es."

Wieder Stille. Unsere Hirne überschlugen sich und suchten nach Möglichkeiten, das Gespräch fortzusetzen, aber schienen nichts Passendes zu finden. Ich fing an wie eine Zwölfjährige zu kichern und schüttelte den Kopf. Klaus wurde rot und kratzte seinen Bart.

"Du, Klara, es tut mir echt leid, aber ich muss dringend weiter. Wir müssen was an den Fassadenstützen machen und ich bin sowieso schon spät dran und…"

"Klar. Kein Problem, kein Problem."

"Wie… wie lange bist du noch hier?"

"Ich… ähm… bis morgen."

"Wollen wir uns… vielleicht am Abend zum Essen treffen? Also nur wenn du magst natürlich."

"Ja… Ja, das wäre toll!"

"Großartig! Wie gut kennst du dich in der Stadt denn aus?"

"Geht schon."

"Wollen wir Zum Storch?"

"Ist das diese Goethe-Kneipe?"

"Genau!"

"Klar. Warum nicht?"

"Ich mach so gegen 18 Uhr Schluss. Sagen wir 19:30 Uhr?"

"Perfekt!"

"Toll! Ich freu mich, Klara."

Wir verabschiedeten uns und ich sah ihm hinterher, wie er davon in Richtung Turm verschwand. Ich hatte ein Grinsen auf dem Gesicht wie seit Jahren nicht und meine Kopfschmerzen waren verschwunden.

Natürlich erzählte er mir erst am Morgen nachdem wir in seinem Hotelzimmer miteinander geschlafen hatten, dass er verheiratet war. Er sagte, dass er in die Ehe *mehr so reingestolpert* sei, da seine Frau aus einer erzkatholischen Familie kam und nicht wollte, dass ihr Kind unehelich auf die Welt komme. Geboren wurde das Kind nicht. Die beiden hatten es im 6. Monat verloren. Das war im Jahr zuvor gewesen. Ich erzählte Klaus von Hari und wie sie mir gelegentlich auf die Nerven ging, aber wie sehr ich sie auch dafür liebte. Ich erzählte ihm aber nicht, dass ich mir bis zu ihrer Geburt nicht sicher gewesen war, ob sie nicht *seine* Tochter war. Ich erzählte ihm nicht, dass erst als ich Hari in den Armen hielt und ihre winzigen Augen und ihre winzige Nase sah, wusste, dass sie Gregors Tochter und nicht seine Tochter war. Ich zeigte ihm ein Foto von ihr und er sagte, dass sie schön sei und ich war stolz und steckte das Foto wieder weg. (Was sollte man auch zum Kind eines anderen Menschen sagen?) Nachdem wir an diesem Morgen ein weiteres Mal miteinander geschlafen hatten, tauschten wir unsere Adressen aus und versprachen uns zu schreiben und dann verabschiedeten wir uns wieder voneinander. Kurz darauf setzte ich mich in den Zug und fuhr zurück nach Hause. Johannes erzählte ich, ich wäre in eine Mitarbeiterin meines Verlages gelaufen. Er fragte nicht weiter nach. Es dauerte fast ein ganzes Jahr, bis sich Klaus wieder meldete. Er war in Berlin zu einer Baumesse und fragte, ob wir uns nicht sehen wollen und ich sagte zu. Wir trafen uns am ICC und wollten eigentlich etwas essen gehen, hielten es aber nicht aus und gingen sofort in sein Hotel. Irgendwann in der Nacht ließen wir uns Essen aufs Zimmer bringen. Die Rechnung am nächsten Morgen belief sich auf mehrere hundert Mark, die er von seiner Firma zahlen ließ. Bevor wir uns das nächste Mal sahen, schrieb er mir einen längeren Brief: Er erzählte mir, dass im Frühjahr 1990 sein erster Sohn geboren wurde - Fabian. Fabian war mit einem Geburtsfehler auf die Welt gekommen, aufgrund dessen sein rechter Arm gelähmt und er geistig behindert war. Klaus und seine Frau waren dennoch überglücklich und liebte ihn sehr. Ich gratulierte und wünschte den Dreien alles Gute. Das nächste Mal schrieb mir Klaus im Sommer 1991. Er war auf Montage in der Nähe von Cannes und fragte, ob ich ihn nicht besuchen wollte, er würde auch die Spesen übernehmen, ein Hotel hätte er sowieso. Ich arbeitete zu der Zeit wieder an einem Buch, das mir Kopfschmerzen bereitete (*100 Zeilen - Jean-François Champollion und der Stein von Rosette*), und stritt mich fast täglich mit Hari, die mit Karacho in die Pubertät gerast und kaum zu ertragen war. Ich konnte die Auszeit gebrauchen und flog hinunter. Im Frühjahr 1992 wurde Klaus zweiter Sohn geboren: Mario. Mario kam kerngesund und mit so viel Energie auf die Welt, dass ich Klaus im ganzen Jahr nicht zu Gesicht bekam. Erst ein Jahr später sahen wir uns in Hamburg wieder und dann gleich darauf ein weiteres Mal in Berlin. Im Jahr 1994 sahen wir uns gleich drei Mal und 1995 sogar ganze vier Mal! Im Oktober 1995 sprach er davon, dass er mit dem Gedanken spielt, sich scheiden zu lassen und nach Berlin zu ziehen; die Hochtief suche noch Mitarbeiter für den Standort und jetzt mit dem Mauerfall wären die Immobilien billig und die Stadt im Aufschwung und so weiter und so fort. Ich erwiderte nichts. Was sollte ich schon sagen? Es war seine Ehe und es waren seine Kinder. Wollte ich ihn öfter sehen als nur ein paar Mal im Jahr? Sicher. Wollte ich, dass er dafür seine Familie zerstört? Mit Sicherheit nicht.

"Deine Entscheidung, Klaus. Ehrlich. Aber eins ist klar: Du kannst deine Frau nicht mit den Kindern allein lassen."

Er nickte und schlürfte seinen Cola-Rum und bestellte sich enttäuscht eine weitere und dann noch eine. Vielleicht war es nicht das, was er in diesem Moment hören wollte; vielleicht wollte er, dass ich ihm für den Vorschlag um den Hals fiel oder einen blies. Ich weiß es nicht. Ich weiß nur, dass wir in dieser Nacht nicht miteinander schliefen. Und das war auch das letzte Mal, das wir uns gesehen hatten. Anfang Dezember kam dann ein Brief von ihm, in dem er sich für das Treffen entschuldigte und sagte, dass er mich mit dem Gerede über die Scheidung nicht hatte belasten wollen und er sowieso nicht mit der Tür ins Haus hätte fallen sollen, wo er sich doch selbst noch nicht einmal sicher war. Ich schrieb ihm zurück, dass er sich keine Sorgen machen muss und alles in Ruhe bedenken soll. Wirklich Zeit hatte ich sowieso nicht für ihn, da mir *Abrahams Krieger* den letzten Schlaf raubte. Dennoch waren mir in den folgenden Wochen seine Worte nicht aus dem Kopf gegangen. Wollte er sich *wirklich* scheiden lassen, um mit mir zusammen zu sein? Hatte er tatsächlich vor, nach Berlin zu ziehen? Wollte *ich* das überhaupt? Und dann erreichte mich der Brief seiner Frau - Annegret Willmer - und alles wurde auf einmal noch komplizierter.

Kirsten sah mich mit weit aufgerissen Augen an. Irgendwann während meinen Ausführungen hatte sie sich eine Zigarette angesteckt, diese aber abbrennen lassen und nur noch einen Aschestengel in der Hand. Als sie einen Zug nehmen wollte, fiel die Asche auf die Plastiktischdecke.

"My, my...", sagte sie und nahm sich eine neue. "Das ist ja besseres Drama als im People's Magazine. Und noch nicht einmal Ihre Tochter weiß von der Affäre?"

"Nein."

"Wow."

Ich nickte.

"Entschuldigen Sie, wenn ich Ihnen zu nahe trete, aber hatten Sie nicht vorhin erzählt, dass Ihr Vater jahrelang eine Affäre…"

Wieder lief ich rot an und wollte mein Gesicht in meinen Händen vergraben oder noch besser mich selbst in der Erde. Ich konnte darauf nichts erwidern, da ich mir selbst seit Jahren dazu nichts erwidern konnte, und schüttelte den Kopf in totaler Ungläubigkeit über mich selbst. Was hatte ich mir nur die ganze Zeit gedacht? Kirsten schenkte mir noch einmal nach und ich trank das Glas mit einem Mal aus. Dann schenkte sie mir ein weiteres Mal nach. Auch ich nahm mir eine Zigarette.

"Danke."

"Nehmen Sie's nicht so schwer, dear. Keiner ist perfekt und kaum jemand weiß das besser als ich."

"Ich...", begann ich, aber wusste nicht, was ich sagen sollte. Ich wollte mich entschuldigen, aber vor wem? Vor ihr? Vor mir? Vor meinem Vater oder doch vor Annegret Willmer?

Plötzlich ging ein Licht vor dem Haus an. Ein Wagen kam die Auffahrt herauf.

"Gerade als ich mir Sorgen machen wollte...", sagte Kirsten, stand auf und ging zum Fenster.

Kurz darauf ging die Haustür auf und ein eisiger Wind kam ins Wohnzimmer gezogen. Wir hörten wie Kirstens Mann seine Stiefel abstampfte und seine Jacke auszog, bevor er zu uns ins Wohnzimmer kam. Seine Wangen waren rot, seine Lippen blau. Sein Bart und seine Augenbrauen waren gefroren, seine Bewegungen steif. Er musste um die 1,90m groß sein, dachte ich, aber genau sagen konnte ich es nicht, da er stark gebückt ging. Man konnte sehen, dass er irgendwann einmal ein gutaussehender Mann gewesen war, aber auch ihm die letzten Jahre stark zugesetzt hatten.

"My God- it just never end, does it? What a - pardon my french - *Fucked. Up. Day!*"

Er fuhr sich durch die Haare, um diese vom Eis zu befreien. Dann nickte er mir zu, lächelte und sagte: "Hey there! You must be..."

"Klara. Nice to meet you!"

"Nice to meet you, *Clara*."

Er kam zu mir herüber und reichte mir die Hand. Seine Hand war eiskalt und ich wollte nicht zu sehr drücken, in der Befürchtung, ihm wehzutun. Dann rümpfte er seine Nase, blickte zu Kirsten und fragte: "Did you gals smoke *cigarettes* in here?"

"What do you think?"

Tom schüttelte den Kopf.

"My, my, my…"

"How was your day, darling?"

"Hell. We only stopped because it got too dangerous. This is going to be a rough night."

"Go on and change, Tom. I'll get you your coffee."

"Make it a double, hon."

Tom Schroeder ging die Treppen nach oben und ich folgte Kirsten in die Küche. Sie setzte eine Kanne auf und nachdem diese durchgelaufen war, machte sie drei Tassen bereit, in die sie großzügige Schlücke Whiskey gab. Wir setzten uns an den Esstisch im Wohnzimmer und warteten auf Tom und als er wieder unten war, tranken wir drei unsere Irish Coffee. Tom berichtete uns von den zugeschneiten Brücken, den Autounfälle und den eingestürzten Dächern, die er den ganzen Tag über gesehen hatte. Sagte aber auch, dass man sich in Maine noch glücklich schätzen konnte, da es den Rest von New England noch viel schlimmer erwischt hätte. Nachdem ich meinen Irish Coffee ausgetrunken hatte, sagte ich: "Ich sollte mich dann auch mal auf den Weg zurück zum Motel machen."

"Den Teufel werden Sie tun, Klara! Heute Nacht schlafen Sie hier. In dem Lexus kommen Sie sowieso keine zehn Meter weit."

"Oh yeah", stimmte ihr Tom bei. "You're not leaving this house, *Clara*. Sorry, but it's *way* too dangerous out."

Ich konnte nichts dagegen sagen, denn abgesehen vom Blizzard, war ich sowieso viel zu betrunken zum Fahren. Wir redeten noch eine Weile, aber gegen Mitternacht gingen wir schlafen. Kirsten machte mir die Couch bereit und gab mir eine Decke, und es dauerte nicht lang und ich war eingeschlafen. Obwohl es für die Ostküste eine harte Nacht wurde, schlief ich so gut wie seit Wochen nicht.

✳

Für Dr. Jonathan Harshaw war der Morgen des 22. Juli 1994 ein
Morgen wie jeder andere: Er stand um 5:30 Uhr auf und ging
zunächst zwei Meilen laufen. Dann duschte er sich und zog sich an,
bevor er die von seiner Frau zubereiteten Spiegeleier mit Toast aß.
Während des Frühstücks las er die St. Petersburg Times sowie die
New York Times und hörte das Morgenprogramm des Radiosen-
ders NPR. Obwohl der 52-jährige stolzer Besitzer eines Jeep Grand
Cherokee war, nahm er aus Gründen des Umweltschutzes für den
täglichen Weg zur Klinik den verbrauchsärmeren Toyota Paseo seiner Frau (die Benutzung des Jeeps war für Wochenendeinkäufe und
Angelausflüge vorbehalten). Wie jeden Tag machte er auf seinem
Weg kurz Halt bei seiner Stammbäckerei, um eine 20er Donut-Box
für die Belegschaft mitzunehmen, zu der sich alle um Punkt 11 Uhr
versammelten. (Und wie jeden Tag nahm er für sich zusätzlich noch
einen Kaffee und einen Donut auf die Hand mit, von dem seine
Frau aber nichts wissen durfte.) Dr. Jonathan Harshaw war Chefarzt
im American Family Center, einer Frauenklinik in der Nähe von
Pensacola, Florida, die jährlich mehrere hunderte Abtreibungen
durchführte. Er selbst setzte sich aktiv für die reproduktiven Selbst-
bestimmungsrechte von Frauen ein, publizierte zu dem Thema und
wurde regelmäßig in regionale Talk Shows eingeladen. Überregio-
nale Bekanntheit erlangte er im Jahr zuvor, als die Washington
Post einen Artikel von ihm veröffentlichte mit dem Titel *20 years
after Roe V. Wade. What has changed, what not.* Als Dr. Jonathan
Harshaw an diesem Morgen auf den Parkplatz des American Family
Centers parkte, war er wie jeden Tag der erste. Bevor er ausstieg, aß
er noch im Wagen seinen Donut und hörte dabei die ersten beiden
Stücke des Albums *Anodyne* der Alternative-Country Band Uncle
Tupelo, welche ihm seine älteste Tochter zum Geburtstag auf CD
(fürs Wohnzimmer) sowie selbst überspielt auf MC (fürs Auto)
geschenkt hatte. Nachdem er damit fertig war, verließ er den Wagen
und schloss ihn ab. Es war nicht unüblich, dass bereits Patienten vor
der Klinik warteten und auch an diesem Morgen wartete ein junger
Mann vor dem Haupteingang.

"Hey there", rief Dr. Jonathan Harshaw und winkte ihm zu. Der junge Mann winkte zurück.

"What a day, huh?"

Der junge Mann nickte, denn tatsächlich war es mit 87 Grad Fahrenheit (30 Grad Celsius) überdurchschnittlich warm für 8 Uhr morgens; keine Wolke war am Himmel zu sehen.

Dr. Jonathan Harshaw ging zum Eingang. Auf halber Strecke realisierte er, dass er beim Abschließen seinen Kaffee auf dem Dach des Wagens vergessen hatte und drehte sich noch einmal um. Die Schüsse, die ihn niederstreckten, hörte er nicht. Das ganze Magazin einer halbautomatische Remington 1100-Schrotflinte (8 Schuss) entleerte der Täter in den Hinterkopf und den Rücken. Dr. Jonathan Harshaw war sofort tot. Der Täter floh vom Tatort. Wenige Stunden später lag der St. Petersburg Times das Bekennerschreiben des Täters vor, der sich als Mitglied der Army of God auswies.

Als der oberste Gerichtshof der Vereinigten Staaten im Jahre 1973 im Fall *Roe v. Wade* - einer Sammelklage im Namen schwangerer Frauen gegen das Verbot von Schwangerschaftsabbrüchen des Bundesstaates Texas - zugunsten der Kläger entschied und damit de facto einen Schwangerschaftsabbruch bis zum dritten Monat legalisierte, dauerte es nicht lange, bis eine von Abtreibungsgegner angestoßene Protestwelle durchs Land zog. Während sich die meisten Proteste im Rahmen der Legalität bewegten, bildete sich jedoch auch eine neue, gefährlichere Form des Protest heraus, der als *Anti-Abortion Extremism* bekannt werden sollte. Die bekannteste Gruppe unter den militanten Abtreibungsgegnern war die Army of God, die ihre Gewalt primär gegen Frauenärzte und Frauenkliniken richtete. Die ersten dokumentierte Straftaten der Army of God waren die Entführung des Frauenarztes Hector Zevallos und das Anbringen von Bomben an sieben Abtreibungskliniken in den Bundesstaaten Maryland, Virginia und dem District of Columbia. Zwischen den Jahren 1984 und 1994 verübte die Army of God mehr als 100 Bomben- und Brandanschläge auf Frauenkliniken, welche sie damit rechtfertigte, "im Namen Gottes zu handeln". *Wir, die Unterzeichnenden, erklären, dass wir die gerechte göttliche Sache vertreten und alle notwendigen Mittel einsetzen werden, einschließlich Gewalt, um das unschuldige Leben, geboren oder ungeboren, zu verteidigen. Wir erklären, dass alle Mittel recht sind, um das Leben eines unschuldigen Kindes, geboren oder ungeboren, zu verteidigen.*

Drei Tage nach der Exekution von Dr. Jonathan Harshaw wurde der Täter - der 23-jährige Armeeveteran Thomas Matthew Schroeder Jr. - gefasst. Kurze Zeit später wurde ihm der Prozess gemacht, an dessem Ende er zur Todesstrafe verurteilt wurde. Seitdem wartete Thomas Matthew Schroeder Jr. auf seine Hinrichtung. Dr. Jonathan Harshaw hinterließ eine Frau und drei Kinder. Zu seiner Beerdigung waren mehr als 1500 Menschen erschienen.

Als ich am Morgen aufwachte, zog der Blizzard immer noch über Maine hinweg und man konnte keinen Meter weit aus dem Fenster schauen. Kirsten und Tom waren bereits auf den Beinen und saßen am Küchentisch. Nachdem mich die beiden begrüßt hatten, sagte Tom: "I gotta go. Long day ahead. It was very nice meeting you, *Clara!*"

"You too!"

"Have a safe trip home, okay?"

"Will do."

"And I'll see you later, hon", sagte er zu Kirsten.

"Be careful, alright?"

"Is the pope catholic?"

Tom gab Kirsten einen Kuss auf den Hinterkopf, dann verschwand er in den Flur. Kirsten setzte eine neue Kanne Kaffee auf, dann begannen wir mit dem zweiten Teil unseres Interviews. Sie erzählte mir, dass TJ von seinem Armee-Kameraden John Barley radikalisiert wurde, dem TJ nach der Trennung von Lauren nach Florida gefolgt war. Die beiden lebten zusammen, engagierten sich in Obdachlosenküchen, besuchten gemeinsam Schießstände sowie die Presbyterianische Kirche. John Barley, der streng religiös erzogen wurde und dessen Eltern Anhänger des rechts-konservativen Christian Reconstructionism waren, stellte TJ anderen Anhänger der Army of God vor und es dauerte nicht lang und auch TJ wurde ein überzeugter Anhänger. Kurze Zeit später beging er die Tat. Psychologen sahen allerdings nicht nur seinen neugefundenen Glauben als Grundlage für seine Tat, sondern auch eine tiefsitzende Misogynie, einen Frauenhass, der ausgelöst war von der plötzlichen Trennung seiner Verlobten. Diese Worte schienen Kirsten am schwersten über die Lippen zu kommen. Mord an einem Frauenarzt nur weil die Verlobte sich getrennt hatte? Es klang so absurd, weil es so einfach war und so dumm und doch die Wahrheit. Die erste Stunde des Interviews war für Kirsten noch mehr oder weniger leicht, in der zweiten brach sie immer wieder in Tränen aus und in der dritten weinte sie fast unaufhörlich. Zwei Jahre war es mittlerweile her, aber es war offensichtlich, dass ein Teil von ihr immer noch nicht glauben konnte, dass ihr eigenes Kind zu so einer Tat fähig gewesen war. Mehrmals hatte ich ihr angeboten, das Interview abzubrechen, aber immer wieder hatte sie mir versichert, dass sie weitermachen will. Kirsten zitterte, als sie einen letzten Zug aus dem Joint herausholte, und ich war mir sicher, dass sie sich ihre Finger verbrannte, es ihr aber egal war. Fast eine Minute lang drückte sie danach den Joint aus, und erst als sie damit fertig war, wischte sie sich ein letztes Mal die Tränen ab. Sie sah mir in die Augen und lächelte und sagte: "Danke."

"Danke?"

"Dass Sie mir die Möglichkeit gegeben haben, unsere Version der Geschichte zu erzählen; dass Tom und ich keine Extremisten sind und dass TJ den Großteil seines Lebens ebenfalls kein Extremist gewesen war; dass es manchmal nur eine Reihe dummer Zufällen braucht, um einen aus der Bahn zu werfen. Manchmal reicht es einfach, als 21-jähriger von seiner Freundin verlassen zu werden. Manchmal reicht das einfach."

Ich nickte.

"Haben Sie… alles was Sie brauchen?", fragte Kirsten.

"Ja. Danke! Wirklich."

Meine Bänder waren voll.

"Was sagen Sie, Klara: Noch one for the road?"

"Is the pope catholic?"

Wir tranken noch einen Bananensaftweißwein und rauchten noch eine Zigarette, dann packte ich meine Sachen und wir gingen gemeinsam zu meinem Wagen. Tom hatte ihn bereits freigeschaufelt, weswegen ich mich nur noch hineinsetzen musste.

"Sagen Sie Bescheid, wenn Sie es das nächste Mal nach Deutschland schaffen, Kirsten. Mit dem Zug bin ich schnell überall."

"Mach ich. Und Sie, wenn Sie das nächste Mal an der Ostküste sind."

"Darauf können Sie sich verlassen."

"Und sollten wir es in diesem Leben nicht mehr schaffen, Klara, dann eben im nächsten."

Ich lächelte und nickte ihr zu, dann kurbelte ich die Fensterscheibe hoch und fuhr los. Im Rückspiegel sah ich, dass sie mir noch kurz hinterher winkte, bevor sie zurück ins Haus ging und wieder allein auf dem riesigen Land der Schroeders war.

Thomas Matthew Schroeder Jr. musste fünf weitere Jahre auf seine Hinrichtung warten. Im Januar 2001 wurde sein Todesurteil im Florida State Prison vollstreckt. Unterzeichnet wurde es von Gouverneur Jeb Bush, für dessen Vater George H. W. Bush TJ keine zehn Jahre zuvor in den Krieg gezogen war. Alle drei Männer beriefen sich in ihren Taten auf Gott. Am Ende war es nicht Thomas Matthew Schroeder Jr. der die Rahmenhandlung meines Buches bilden sollte, sondern seine Mutter Kirsten Schroeder. Auch sollte das Kapitel *Abrahams Töchter* nicht das Kernkapitel des Buchs bilden, sondern zum Buch an sich werden - die beiden anderen Kapitel ließ ich nach Absprache mit dem Verleger fallen. Das Buch *Abrahams Töchter* widmete ich Hari und meiner Mutter.

Nachdem ich am Nachmittag aus dem Motel ausgecheckt und meine Tasche in den Kofferraum gestellt hatte, ging ich noch einmal hinunter zum Wasser und sah hinaus auf den Belfast Bay. In meiner

Hand hielt ich den Brief von Annegret Willmer und ein letztes Mal dachte ich darüber nach ihn zu öffnen, aber ließ es dann doch bleiben. Ich ließ den Brief los und der Blizzard von 1996 trug ihn davon. Ich sollte nie erfahren, was Annegret Willmer mir mitteilen wollte; ob sie mich beschimpfen, verfluchen oder mir gar ihren Segen aussprechen wollte. Es spielte keine Rolle. Ich sah dem Brief hinterher, aber es dauerte nur ein paar Sekunden, dann war er im Schneetreiben verschwunden. Ich stieg in den Lexus und fuhr zurück nach New York.

Eine Nacht musste ich noch am JFK übernachten, dann war der Blizzard weitergezogen und wir konnten abreisen. Während des Flugs riss ich eine Seite aus meinem Notizbuch und schrieb Klaus. Ich hielt mich so kurz und so unsentimental ich konnte. Ich dankte ihm für die Tage, die wir über die Jahre gemeinsam verbringen konnten und wünschte ihm und seiner Familie ein gutes Leben. Ich sagte ihm, dass er mir zwar viel bedeutete, aber dass es besser sei, die Affäre zu beenden. Dann bestellte ich einen Wein und einen Bananensaft und zündete mir eine letzte Zigarette an. Es war an der Zeit mit dem Rauchen aufzuhören. Ich holte meinen Geldbeutel heraus, um nachzusehen, wie viele Münzen ich einstecken hatte. Sobald ich in Tegel gelandet bin, dachte ich, würde ich eine Telefonzelle aufsuchen; ich schuldete meinen Vater einen Anruf.

Und während der Atlantik langsam unter mir vorbei zog, und während der Rauch vor mir aufstieg, sich an der Decke sammelte und langsam nach unten drückte, musste ich noch einmal an den Refrain von diesem Dolly Parton Lied *Islands in the Stream* denken und wie wenig Sinn der Text doch ergab:

Islands in the stream
That is what we are
No one in between
How can we be wrong
Sail away with me
To another world
And we'll rely on each other, ah-ha
From one lover to another, ah-ha

So dumm. Und doch so schön.

Spetses, 2008

Ich war angekommen. Während die anderen Touristen direkt zum Infopunkt gegangen waren, um sich eine aktuelle Karte der Insel zu besorgen, hatte ich mich vor das schattigste Café des Hafens gesetzt und eine Tasse Kaffee und eine Flasche Wasser bestellt. Es war ein überdurchschnittlich warmer Frühling und in Athen war die Luft zum Schneiden gewesen, aber auf der Insel war sie klar und frisch. Ich lehnte mich zurück, zog meine Schuhe aus und sah auf die Ägäis hinaus; zu den Fischerbooten und den Yachten, zu den Kondensstreifen auf dem sonst wolkenlosen Himmel. Um das Klischee perfekt zu machen, stellte ich eine Leonard Cohen-Playlist auf meinem iPod an und fragte mich, was die Einheimischen auf Hydra (war das dort hinten eigentlich noch Hydra? Oder war das schon wieder Festland?) wohl damals von Cohen und dem Rest der Bohème gedacht hatten, die ihr Erbe auf den Inseln durchbrachten, den ganzen Tag über schliefen und die ganze Nacht lang ihre Lieder sangen und das vermutlich auch noch total schief, weil sie schon wieder Einen sitzen hatten. Vermutlich nicht viel.

"Please", sagte der Kellner und stellte die Getränke auf dem Tisch ab.

"Ef... efcharisto?", erwiderte ich bemüht und war mir sicher, dass ich die Aussprache komplett verhunzt hatte, also hing ich sicherheitshalber ein *Thank you* an. Der Kellner lächelte gelangweilt und zog wieder davon. Ich trank einen Schluck vom Kaffee, dann füllte ich die Tasse mit dem Wasser wieder auf.

Vor meiner Abreise hatte ich überlegt, den Wagen meines Vaters die sozusagen letzte Ehre zu erweisen und ihn von Berlin nach Athen zu fahren und dort zu verkaufen, es aber dann doch sein lassen und Hari damit beauftragt, den Wagen in Berlin loszuwerden sowie die Garage zu kündigen. Hari hatte sich zwar gesträubt, da der Wagen eines der wenigen Dinge war, die wir von meinem Vater besaßen, aber ich konnte mit dieser Sentimentalität nichts anfangen und war froh, einen Kostenpunkt weniger zu haben und einen Schlussstrich unter das Thema Eltern ziehen zu können. Am Ende hatte ich den Flieger nach Athen genommen und in Athen für ein paar Tage ein Hotel, primär um Bücher zu besorgen, die ich in Berlin nicht finden konnte. Die Bücher fand ich tatsächlich, musste allerdings im Hotel feststellen, dass ich in meiner Reisetasche nicht genug Platz für alles hatte. Zunächst wollte ich mir einfach eine weitere Tasche besorgen, ließ die Idee aber schnell wieder fallen und einfach einen Großteil meiner Kleidung im Hotel zurück. Vieles war sowieso unpassend für die Jahreszeit und auf der Insel würde ich schon was finden.

"Uhm... excuse me?", fragte eine Britin in meinem Alter, die ich von der Fähre wiedererkannte und die ebenfalls allein reiste.

"Yes?"

"Do you by any chance know where I can find the Bouboulina-museum?", fragte sie und legte dabei ihre Karte ungefragt auf den Tisch. Ihre Hände waren rot und ich wollte ihr schon etwas von meiner Sonnencreme anbieten, lies es dann aber doch bleiben, um ihr nicht zu Nahe zu treten.

"I also just arrived", erwiderte ich. "But if I recall correctly, it should be right over... here."

Tatsächlich fand ich das Museum auf der Karte, was allerdings nicht von ungefähr kam, war doch Laskarina Bouboulina der Grund, warum ich auf Spetses war.

"Terrific! Right next to my hotel. Thank you very much! Are you also staying at the Grand Hotel?"

"Me? No. I rented a house on the north side of the island."

"Oh my! That sounds wonderful."

Ich wusste nicht, was ich erwidern sollte und sagte nur: "It is."

Anstatt ihre Karte wieder zu nehmen und zu gehen, blieb die Dame einen Moment lang einfach neben mir stehen und schien darauf zu warten, dass ich sie an den Tisch einlud. Es war offensichtlich, dass sie Kontakt suchte, aber mir war nicht nach Kontakt, eher sogar nach dem Gegenteil.

"Well, thanks again", brachte sie dann doch noch heraus. "Maybe I see you around?"

"Yes. Maybe. Have a nice day!"

Ich sah ihr kurz hinterher, dann holte ich mein Notizbuch aus der Tasche. Ich hatte den Weg von der Fähre zum Haus ausgedruckt und konnte mich sofort orientieren, umfasste das Dorf doch kaum mehr als ein paar dutzend Straßen. Ich war mir sicher, dass ich *hier* war, was bedeutete ich musste nur *dort* runter und dann *da* links und dann einfach der Straße folgen. Easy. Ich trank die Tasse aus und zahlte. Dann schulterte ich meine Reisetasche, setzte meine Sonnenbrille wieder auf und machte mich auf den Weg. Obwohl meine Füße weh taten, meine Jeans zu eng waren und ich mir partout nicht erklären konnte, warum ich am Morgen die schwarze Bluse angezogen hatte, auf der sich bereis im klimatisierten Speisesaal des Hotels beim Frühstück die Schweißränder abgezeichnet hatten, war ich entspannt wie seit Jahren nicht. Sicher: Es würde eine Weile dauern, bis ich mich an das Klima gewöhnt hatte, aber ich hatte ja Zeit, dachte ich. Alle Zeit der Welt.

Ich ging hinunter zur Promenade und am Wasser entlang in Richtung Norden. Es dauerte nicht lang und die Promenade war zu einer gewöhnlichen Straße geworden und ehe ich mich versah, hatte ich Spetses-Dorf auch schon verlassen und ging zum ersten Mal den Weg zum Haus, den ich über das kommende Jahr hunderte Male gehen und der so wichtig für mich werden sollte. Es gab kaum eine Zeit, in der ich so gut und frei denken konnte wie bei meinen Spaziergängen ins Dorf und zurück. Die meiste Zeit war man allein mit sich und nur gelegentlich traf man auf einen anderen

Fußgänger, einen Fahrrad- oder einen Mofa-Fahrer. Einzigst auf ein Auto traf man nie, denn diese waren auf der Insel verboten und wenn überhaupt den Einheimischen vorbehalten. Der Weg zum Haus dauerte ungefähr eine Stunde, aber am Tag meiner Ankunft brauchte ich fast doppelt so lang. Zum einen, weil meine Tasche immer schwerer wurde und zum anderen, weil ich doch gelegentlich hatte halten müssen, um mich zu vergewissern, dass ich auch richtig gegangen war. Das Haus war ein gutes Stück höher gelegen als das Dorf und der Weg auf dem letzten Kilometer besonders anstrengend, aber als ich das Haus dann zum ersten Mal sah, war jede Anstrengung vergessen. Es war etwas kleiner als es auf den Fotos der Webseite den Anschein gemacht hatte, aber in der Nachmittagssonne dafür doppelt so schön. Der weiß angemalte Stein der Wände und der blau angemalte Stein der Terrasse; die Pinien, die das Haus umgaben und der Efeu, der an ihm herunter wuchs - selten hatte ich etwas Einladenderes gesehen. Ich holte die Schlüssel aus der Tasche und öffnete die Tür. Das Haus war an einem Hang gebaut und bestand aus zwei Etagen sowie einer Dachterrasse. Die Haustür befand sich auf der oberen Etage, auf der sich die Küche sowie das Wohnzimmer befand. Die Zimmer waren verbunden durch das Treppenhaus, welches gefliest und nicht überdacht war (wenn es regnete, musste man aufpassen, auf den Fließen nicht auszurutschen). Auf der unteren Etage befanden sich zwei Schlafzimmer mit Balkon und das Bad. Der Besitzer des Hauses war ein junger Mann, der in Athen lebte. Das Haus hatte einmal seinen Großeltern gehört, aber nachdem diese verstorben waren, hatte er es zur Vermietung umgebaut und renoviert. Er selbst kam nur noch selten auf die Insel. Als ich ihn fragte, wie lang ich es mieten könnte, sagte er nur, *as long as you need*. Ich sagte ihm, dass ich zunächst gern bis zum Ende des Sommers bleiben würde und dann eventuell verlängern würde, je nachdem, und er sagte *fantastic*. Ich ging nach oben auf die Dachterrasse und nahm die Plastikabdeckungen von den Terrassenmöbeln. Dann setzte ich mich und betrachtete die umliegenden Bäume, das Meer und ganz weit hinten den Hafen von Spetses. Ein warmes Gefühl breitete sich in meiner Brust aus. Meine Lungen brannten und ich fühlte mich, als wäre ich den ganzen Weg gerannt, aber wusste, dass ich endlich angekommen war.

Die Jahre nach dem 11. September 2001 waren die turbulentesten meines Lebens gewesen. *Abrahams Töchter* hatte ein paar tausend Kopien verkauft. Nicht viel, aber genug, dass der Verlag vorschlug, das Kapitel *Abrahams Krieger* sozusagen als Fortsetzung zu veröffentlichen. Da es mehr oder weniger fertig war, hatte ich nichts dagegen einzuwenden. Das Buch erschien am 04. September 2001 und wurde kaum besprochen. Doch dann geschahen die Anschläge auf das World Trade Center und die änderten alles. Plötzlich suchte jeder nach Erklärungen für die Tat und wollte alles über den Islam sowie dessen extremistischen Ausläufer wissen. Schnell war die erste Auflage von *Abrahams Krieger* ausverkauft und kurze Zeit später auch die zweite und dann die dritte. Ich wurde in Talk Shows eingeladen, gab Interviews und schrieb Artikel für so ziemlich jede Tageszeitung im DACH-Raum. Wann immer es um Terror ging, wurde ich um Rat gefragt. Die Bild gab mir den Titel *Die Islam-Versteherin* und plötzlich erkannten mich die Leute im Rewe ("Sie sind doch die von Harald Schmidt!"). Zum ersten Mal in meinem Leben hatte ich Geld. Keine Unsummen, aber genug um Gregor und Johannes die Schulden zurückzahlen zu können und ohne Probleme Haris Miete zu übernehmen, wenn sie mal wieder knapp bei Kasse war. Es dauerte nicht lang und der Verlag wollte ein weiteres Buch von mir. Ich versuchte mich an einer umfangreicheren Arbeit, in der ich die Bin Laden-Familie der Familie Bush gegenüberstellte und die Zusammenhänge Saudi-Arabiens mit den USA erklärte, was allerdings vom Verlag als *zu kompliziert* abgelehnt wurde und am Ende nur zu einer recht dürftigen Biografie Osama bin Ladens mit dem Titel *Der siebzehnte Sohn* wurde. Das Buch erschien Ende 2002. Danach schrieb ich ein Buch über den Wahhabismus mit besonderem Fokus auf seine Ausbreitung in Westafrika. *Tauhīd* erschien 2003. Obwohl es sich nicht sonderlich verkaufte, wollte der

Verlag dennoch gleich ein weiteres *im Thema nachschieben*. Ich war nicht sonderlich in der Stimmung, aber ließ ich mich breitschlagen und schrieb über die Besetzung der Großen Moschee im Jahr 1979. Es war ein komplexes Buch, insbesondere weil ich hier viel einbaute, was ich ins Bin Laden/Bush-Buch einbauen wollte - die Aramco, die Saudi-Dynastie und die Veränderungen auf der arabischen Halbinsel im zwanzigsten Jahrhundert. Nach ursprünglicher Euphorie für das Buch, flachte die Begeisterung des Verlags schnell ab. Alles über den selbst ausgerufene Mahdi, der sein eigenes Gotteshaus als Geisel nimmt, fand der Verlag *knaller, fast schon filmisch irgendwie*. Aber sobald ich anfing, über die Ölwirtschaft zu reden, wurde die Begeisterung leiser und man fragte, *muss das denn wirklich noch mit rein?* Ich bestand auf mein Veto und schrieb das Buch, das ich schreiben wollte. Der Verlag bewarb es kaum und *Die Geiseln Mekkas* verkaufte weniger Kopien als *Abrahams Töchter*. Und dann war es auf einmal 2005 und ich stellte fest, dass ich alles gesagt hatte. Ich war durch mit den Themen Extremismus, Terrorismus, Fundamentalismus und Religion. Für eine Weile dachte ich sogar, ich wäre gänzlich fertig mit dem Schreiben. In dieser Zeit trank ich viel. Jeden zweiten Abend gab es irgendeinen Empfang oder eine Eröffnung, eine Gesprächsrunde oder einen Vortrag zu besuchen. Ich wachte gefühlt öfter mit einem Kater auf als ohne und aß noch unregelmäßiger als zuvor. Ich war mit ein paar Männern zusammen, aber mit keinem wirklich (am längsten mit einem Aufnahmeleiter, den ich beim MDR Riverboat kennengelernt hatte) und fühlte ich mich oft missverstanden. Mit manchen war der Sex okay, mit anderen die Gespräche, aber mit keinem war beides gut *genug* gewesen. Und vielleicht ist genau das das Problem mit dem Verlieben im mittleren Alter: Man hat schon ein ganzes Leben gelebt und trägt es mit sich rum und vergleicht die Menschen, obwohl man es eigentlich nicht sollte, denn wie soll das echte, krumme Leben gegen eine idealisierte Erinnerung bestehen? Aber doch tut man es. Zusätzlich dazu war ich im Unreinen mit mir selbst und wusste nicht, was ich wollte und vor allem nicht, wohin. Bei Männern redet man offen über deren sogenannte Midlife-Crises (eine ganze Gag-Industrie ist darum entstanden), bei Frauen weniger. Ich war mir sicher, dass ich mich mitten in einer befand, konnte das aber nicht verbalisieren und brach stattdessen lieber sinnlose Streitereien vom Zaun. Aber auch diese Zeit ging vorüber und das Jahr 2006 zu Ende. Es war am Neujahrstag 2007, als ich durch den Tiergarten spazierte und plötzlich Lust bekam, wieder zu arbeiten. Ich wusste, dass ich kein Problem hätte, ein weiteres populärwissenschaftliches Buch über religiösen Extremismus beim Verlag unterzubringen, aber nichts wollte ich weniger als das. Es klingt total Banane, wenn man das so schreibt, weil's so platt ist, aber so war es: Das Erste, was mir an diesem Januarmorgen durch den selbst-emanzipatorischen Kopf schoss, war ein Buch über Freiheitskämpferinnen zu schreiben. Einen Band über weibliche Revolutionäre, Widerstandskämpfer und Aufständige. Wie ich diesen Band zusammenbekam, was den roten Faden bilden sollte, war mir in diesem Moment noch nicht klar, aber ich wusste mit welcher Figur ich anfangen würde: Laskarina Bouboulina, einer Kapitänin von der Insel Spetses, die während der Griechischen Revolution mit ihrer Flotte kriegsentscheidende Seeschlachten gewann und damit zur Volksheldin wurde. Seit dem Studium wollte ich über die Griechische Revolution schreiben, hatte allerdings nie die Zeit oder die Muße gefunden, aber jetzt hatte ich die Zeit und jetzt ich hatte die Muße.

Als ich in meiner ersten Nacht auf der Insel meine Reisetasche aus-gepackt hatte, war eine Thermoskanne auf den Boden gerollt, von der ich mich nicht erinnern konnte, sie eingepackt zu haben. Als ich sie hoch hob stellte ich fest, dass sie ein seltsames Gewicht hatte. Zu leicht um gefüllt, zu schwer um leer zu sein. Ich öffnete sie und stell-te fest, dass die Thermoskanne mit Ziplock-Beuteln gefüllt war, in der sich duzende Gramm Gras befanden. Dabei lag ein Zettel: *Falls dir langweilig werden sollte. Kuss kuss, Har-Har.*

"Sag mal, Hari: Spinnst du?", fragte ich, als ich sie nach einer halben Stunde Probieren endlich ans Telefon bekommen hatte.

"Hast du das Geschenk gefunden, ja?"

"Was wenn die mich an der Grenze erwischt hätten!"

"Ach, die paar Gramm, Mama! Nix wär da passiert. Freust du dich wenigstens?"

Während ich *Abrahams Töchter* zu Ende schrieb, hatte ich wieder mit dem Kiffen angefangen. Vermutlich angefixt von Kirsten Schroeder. Ich rauchte nicht viel, aber doch ein oder zwei Mal in der Woche.

"Naja, schon. Aber dennoch hättest du mir vorher Bescheid geben sollen!"

"Jaja, beim nächsten Mal. Bist du gut angekommen?"

"Lenk nicht ab! Aber ja: Alles gut. Das Haus ist groß und..."

Wir smalltalkten eine Weile und ich drehte mir einen ersten Joint. Beim Drehen stellte ich mich allerdings reichlich dämlich an, hatte ich doch das Telefon zwischen Schulter und Ohr geklemmt, aber am Ende gelang mir der Joint doch irgendwie. Irgendwann hatte Hari dann aufgelegt und ich rauchte, hörte Miles Davis und betrachtete die sanfte See im Mondlicht. Dann musste ich plötzlich laut anfangen zu lachen und realisierte, dass ich so high war wie schon lange nicht mehr.

Die ersten Tage verbrachte ich mit Wanderungen, Einkäufen und dem Personalisieren des Hauses. Ich stellte die Möbel im Wohnzimmer so um, dass ich von der Couch einen Blick aufs Meer (und nicht auf den alten Röhrenfernseher) und vom Esstisch einen Blick auf den Hang und die Bäume hatte. Ich holte einen Tisch aus dem großen Schlafzimmer und stellte diesen ins kleine Schlafzimmer und machte daraus ein Arbeitszimmer. Ich sortierte meine Bücher und meine Notizen und machte mir erste Gedanken zum Aufbau des Kapitels über Bouboulina. Und dann, zwei Wochen nach meiner Ankunft auf der Insel, fing ich mit der Arbeit an. Es dauerte nicht lang und ein gewisser Tagesablauf stellte sich ein. Am Morgen ging ich zunächst zum Strand, um ein wenig zu schwimmen und Yoga zu machen. Der Strand befand sich in einer Buch nur wenige Minuten vom Haus entfernt, die außer mir allerdings kaum jemand aufsuchte. Der Strand war steinig und in den ersten Wochen schnitt ich mir unzählige Male die Füße auf, aber irgendwann nicht mehr; Hornhaut hatte sich gebildet und ich wusste, wie man sich am besten bewegte. Nach dem Schwimmen nahm ich eine Dusche, bevor ich auf der Terrasse den ersten Kaffee des Tages trank und das Geschriebene vom Vortag durchging. Meist korrigierte ich schon hier und da, versuchte aber das Korrigieren auf die Korrekturtage zu verschieben und mich auf das Inhaltliche zu konzentrieren. Ich schrieb den Vormittag über auf der Terrasse und sobald die Sonne herum gekommen war, ging ich nach unten ins Schlafzimmer und schrieb dort weiter. Ich versuchte am Tag einen kompletten Gedankengang abzuschließen und meistens gelang mir das auch. Sobald ich ein Kapitel abgeschlossen hatte, nahm ich mir ein paar Korrekturtage und danach ein paar Planungstage, um das Folgekapitel zu konzipieren und dann ging wieder alles von vorn los. Die Konzeption machte ich meist in einem Café im Dorf, um das Hirn auf andere Weise zu stimulieren und fuhr damit recht gut. Tagsüber aß ich in der Regel wenig; ein Milchbrötchen mit Honig oder Marmelade, ein paar Oliven, vielleicht etwas Reste vom Vortag. Erst am Abend kochte ich; Fisch und Reis, Lamm, Gemüsesuppen und was auch immer ich sonst auf dem Markt bekommen konnte. Ins Dorf ging ich nur alle paar Tage einmal, aber wenn dann immer am späten Nachmittag und nachdem ich mit dem Schreiben fertig war. Meist drehte ich mir vorher einen Joint und rauchte ihn auf dem Weg - die erste Hälfte auf dem Weg ins Dorf, die zweite Hälfte auf dem Weg zurück (gelegentlich hob ich ihn mir auch gänzlich für den Rückweg auf). Anfangs trank ich noch ein, zwei Gläser Wein zum Abendessen, dann bald nur noch ein halbes und irgendwann gar keins mehr. Ich hatte mich schon immer als soziale Trinkerin verstanden, aber dass ich in der Einsamkeit gänzlich auf den Alkohol verzichten würde, hätte ich nicht gedacht. Aber so kam es und ich trank nur noch Wasser, Tee und Kaffee. Wenn ich Glück hatte, lief während des Abendessens eine Anthony Bourdain-

Kochshow und wenn nicht, ließ ich den Fernseher aus und hörte Jazz oder irgendwas, das mir Hari geschickt hatte. Die Monate vergingen und meine Haut wurde braun und meine Haare hell und durch das viele Schwimmen und die vielen Wanderungen verlor ich fast fünf Kilogramm. Mit dem Sommermonaten kamen die Touristen, und im Dorf war es zu voll und ich versuchte die Stoßzeiten zu meiden, wann immer ich konnte. Trotz der Hitze schrieb ich konzentrierter als jemals zuvor und machte in dieser Zeit enorme Fortschritte. Es war absehbar, dass aus dem Kapitel zu Bouboulina ein ganzes Buch werden würde, was mich aber nicht störte, da es das Buch über die Freiheitskämpferinnen nicht gefährdete und ich dieses zu einem späteren Zeitpunkt abschließen konnte. Irgendwann ging der Sommer zu Ende und die Touristen verschwanden so schnell wie sie gekommen waren. Gelegentlich regnete es, aber an meinen Tagesabläufen änderte das nichts, außer dass ich weniger auf der Terrasse schrieb. In der Nacht wurde es merklich kühler und die Winde nahmen zu und gelegentlich regnete es. Im Haus gab es Elektroheizer, die allerdings fürchterlich laut brummten, weshalb ich von Ende September an immer mit einem Pullover schlafen musste. Im Oktober zog ein Sturm vorüber. Es regnete so viel und so lang, dass das Wasser im Treppenhaus nicht mehr über die Abflüsse abfließen konnte und das Schlafzimmer überflutete. Das Wasser stand nicht hoch, aber doch ein oder zwei Zentimeter. Ich versuchte es über den Balkon hinauszukehren, aber es wurde nicht weniger, eher sogar mehr. In einem Anfall von spontanem Einfallsreichtum, entschied ich mich dazu, die Plastikplanen, die normalerweise über den nicht benutzten Terrassenmöbeln hingen, mit einem Tacker zusammmen zu tackern und auf dem Dach mit Steinen zu fixieren, so dass der Regen nicht mehr über dem Treppenhaus ins Haus gelangen konnte. Und tatsächlich: Es funktionierte! Natürlich lief links und rechts der Plane immer noch Regen ins Haus, aber bedeutend weniger als zuvor, wodurch ich mich voll und ganz aufs Rausschippen des Wassers aus dem Schlafzimmer konzentrieren konnte. Als am Morgen der Sturm vorüber gezogen war, war auch die letzte Pfütze aus dem Schlafzimmer gekehrt. Neben den Wasserschäden hatte der Sturm aber noch andere Schäden hinterlassen. Zum einen hatte ich keinen Strom, zum anderen war ein Teil einer Pinie auf die Terrasse gekracht. Ich drehte mir einen Joint und sah mir das Dilemma an. Unmöglich konnte ich den Ast selbst von der Terrasse hieven. Dadurch dass ich keinen Strom hatte, konnte ich aber auch den Hausbesitzer nicht anrufen. Während die Sonne über der Ägäis aufging, stiefelte ich ins Dorf und besorgte mir einen Gaskocher und eine Fuchsschwanzsäge. Die Arbeit war mühsam, aber ich trank ein paar Kannen Kaffee und ehe mich versah, waren zehn Stunden vergangen und ich war mit dem Kleinmachen des Baums fertig. Ich hatte die kleineren Äste gebündelt, den großen Ast in handliche Scheiben zersägt und alles sorgsam vor dem Haus gestapelt. Den Balkon hatte ich gekehrt und die Möbel wieder an ihren rechten Platz gerückt, und hätte man es nicht gewusst, hätte man nicht glauben können, dass jemals ein Sturm die Terrasse gezogen war. Dann begutachtete ich das Schlafzimmer, aber auch hier hielt sich der Schaden in Grenzen. Sicher, es müsste ein wenig gemalert werden, aber das Mauerwerk schien nicht in Mitleidenschaft gezogen worden zu sein. Bis der Strom wiederkam vergingen ein paar Tage, aber es störte mich nicht. Den Reis und das Stück Fisch konnte ich auch auf dem Gaskocher zubereiten, den Kaffee sowieso. Ich hatte genug zu lesen und auch genug Arbeit und wiedererwartend ging das Schreiben mit Stift auf Papier gut von der Hand. Als nach drei Tagen der Strom wieder da war, rief ich den Hausbesitzer an. Er hatte von dem Sturm in Athen gar nichts mitbekommen und fragte, ob er einen Handwerker vorbei schicken sollte, aber ich sagte *nicht nötig*. Das bisschen Malerarbeit im Schlafzimmer schaffte ich auch allein. Hari kam mich das erste Mal im November besuchen und das zweite Mal zu Weihnachten, aber sie blieb nie lang. Sie arbeitete an einer Doku, hatte einen neuen Freund und auch sonst *so wahnsinnig viel* zu tun, und ich verstand schon - Hari war 27 und stand, wie man so sagt, mitten im Leben. Es störte mich nicht. Hatte ich vor der Abreise noch befürchtet, dass ich mich gelegentlich einsam fühlen würde, so trat das nicht ein. Eher das Gegenteil war der Fall: Die Einsamkeit tat mir gut und ließ mich zur Ruhe kommen. Außerdem hatte ich mich mit ein paar Einheimischen bekannt gemacht und auch mit einem irischen Ehepaar ein paar Straßen weiter. Zusätzlich skypte ich alle paar Wochen mit Hari und einmal im Monat mit den Zwillingen und mehr brauchte ich nicht. Die Tage kamen und gingen, ich arbeitete und war glücklich. Ich wollte ein paar Monate bleiben, dann war ein halbes Jahr daraus geworden und ich hatte immer noch keine Lust, nach Berlin zurückzukehren. Ich hatte keine Lust mehr auf die langen Winter und die langen Nächte und den Lärm. Ich musste nicht mehr in der Stadt sein. Im Februar rief ich den Hausbesitzer an und fragte nach dem Stand der Vermietungen. Er hatte ein paar Voranmeldungen für den Sommer, aber aufgrund von mir noch nichts bestätigt. Ich entschied Folgendes: Ich würde noch ein weiteres Jahr auf der Insel bleiben. Wenn es mir bis dahin immer noch nicht zu langweilig geworden war, dann würde ich ihm ein Angebot für den Kauf des Hauses machen. Was ich regelmäßig über meine Bücher reinbekam, deckte meine monatlichen Kosten. Dazu hatte ich noch etwas Erspartes von den 9/11-Büchern auf dem Konto und vielleicht reichte das schon für einen Kauf. Und so verging die Zeit, und als ich das nächste Mal auf den Kalender sah, war fast ein ganzes Jahr vergangen. Der milde Winter war vorüber und die Frühlingstürme hatten begonnen. Und dann war auf einmal auch das Buch über Bouboulina fertig. Es war fast 500 Seiten stark geworden und trug den Titel *Die Kapitänin - Vom Leben und Sterben der Laskarina Bouboulina*. Ich hatte keine Ahnung, ob der Verlag in der Lage war, das Buch zu verkaufen, aber ich war stolz darauf. Es war sperrig und krumm, ziellos aber voller Energie. Ich wechselte oft die Perspektiven, ließ Figuren in erster Person sprechen, flocht sogar Fiktion mit ein. Eigentlich sollte es nicht funktionieren, aber meine Meinung nach tat es das.

∗

Es war in der ersten Aprilwoche, als ich ins Dorf ging, um das Manuskript noch ein weiteres Mal auszudrucken, damit ich es ein weiteres Mal korrigieren konnte, bevor ich es dann endlich abschicken würde. Auf halben Weg piepte mein Telefon. Ich hatte eine SMS von Hari bekommen: *Fähre verspätet sich um eine halbe Stunde. Bis gleich! Kuss, kuss, Har-Har.* Ich hatte total vergessen, dass Hari an diesem Tag ankam! Anfang April war mein 52. Geburtstag und bereits zu Weihnachten hatte ich alle dazu auf die Insel eingeladen. Hari, Lotte, Pauli und Gregor hatten sofort zugesagt; Johannes erst irgendwann im Februar, Miri ließ sich entschuldigen. Hari wollte schon ein *paar Tage früher* kommen, weil sie am Tag nach meinem Geburtstag bereits wieder los musste, und ich hatte natürlich nichts dagegen, allerdings total vergessen, dass diese paar Tage früher schon am Mittwoch begannen. Und da stand ich nun und hatte nicht mal mehr eine Flasche Wein im Haus. Ich ging so schnell ich konnte ins Dorf, um alles Nötige zu erledigen, dann begab ich mich zum Pier. Es war später Nachmittag und außer mir wartete nur eine junge Griechin mit ihrer vielleicht drei Jahre alten Tochter. Ich stellte die Einkäufe ab, setzte mich auf die Bank und blätterte ziellos im frisch ausgedruckten Manuskript herum, war aber zu aufgeregt, um wirklich zu lesen, geschweige denn es ernsthaft zu bewerten oder zu korrigieren. Meine Hari kam zu Besuch und ich freute mich wie ein Schulkind! Man benutzt gern die Umschreibung der *Schmetterlinge im Bauch*, wenn man von dem Gefühl redet, das sich einstellt, wenn man frisch verliebt ist. Das Wiedersehen mit seinem Kind fühlt sich ähnlich an. Im Gegensatz zu den romantischen Schmetterlingen hat dieses Gefühl aber den Vorteil, dass es ein Leben lang nicht vergeht. Ich konnte es nicht glauben: War schon wieder ein Vierteljahr vergangen seit wir uns das letzte Mal gesehen hatten? War es nicht erst letzte Woche gewesen, dass ich sie genau hier verabschiedet hatte? Wo war nur die Zeit hin?

Lange wusste Hari nicht, was sie nach der Schule machen sollte. Mir war es egal, da ich wusste, dass sie schon irgendwann die "zündende" Idee haben würde, aber sie stresste der Umstand sehr, vor allem, weil alle ihre Freunde sich scheinbar selbstsicher an der Uni einschrieben oder ins Freiwillige Soziale Jahr oder den Zivildienst stiefelten. Ich machte ihren späten Wachstumsschub für die plötzliche Unsicherheit verantwortlich und lag damit vermutlich gar nicht so falsch. Im Alter von 16 Jahren war Hari nämlich noch einmal ein gutes Stück in die Höhe geschossen und mit fast 1,80m zum größten Mädchen ihrer Stufe geworden. Da Hari das unregelmäßige Essen von mir abgeschaut hatte, war sie zusätzlich untergewichtig, was ihr in Kombination mit dem leicht gebückten Gang etwas Schlaksiges gab. Sie brauchte eine Weile, bis sie sich in ihren Körper wieder wohlfühlen konnte, aber irgendwann gelang ihr auch das. Das Abitur kam und ging und nach langem Zureden ihres Vaters entschloss sie sich dazu, sich fürs Geschichtsstudium einzuschreiben. Ich war kein großer Fan von der Idee. Das Lernen fiel Hari leicht und auch das Schreiben ging ihr locker von der Hand - ich hatte also keinerlei Bedenken, dass sie das Studium nicht erfolgreich abschließen könnte -, aber ich wusste, dass ihr die Geschichte wie sie im Universitätsumfeld gelehrt wird über kurz oder lang zu trocken sein würde. Ich teilte ihr meine Bedenken mit, groß Belehren wollte ich sie aber nicht, denn sie würde schon von allein drauf kommen. Und so kam es dann auch: Zwei Jahre lang machte sie interessierte Miene zum langweiligen Spiel, dann ging sie nicht mehr hin. Ich sagte ihr, dass sie sich ein halbes oder vielleicht sogar ein ganzes Jahr Auszeit nehmen soll, bevor sie sich ins nächste Studium stürzt, aber dann geschahen die Anschläge vom 11. September und irgendwas schaltete sich bei ihr um. Sie ging öfter aus und kam immer später am Folgetag nach Hause, manchmal blieb sie tagelang weg. Im Winter zog sie mit ein paar paar Freunden in eine WG am Kotti und wir sahen uns nur noch alle paar Wochen einmal zum Kaffee. Im Frühjahr erzählte sie mir, dass sie angefangen hätte, Platten aufzulegen und fast jede Woche in irgendeinen Club spielte. Ein paar Mal setzte sie mich auf die Gästeliste und ich ging auch immer hin, hielt es aber nie bis zu ihrem Auftritt aus, da sie immer erst gegen 4 Uhr morgens auflegte und mir das dann doch einfach viel zu spät war. Gefühlt jeden Monat hörte ich einen anderen Männernamen ("Mit Lukas in London…", "…der Karsten arbeitet im Rio", "…der Mike ist Ingas Bruder") und irgendwann hörte ich auf, nachzufragen, ob es sich dabei um ihren neuen Freund oder nur einen Freund handelte. Über das Thema Studium redeten wir nur noch selten. Obwohl ich mir schon denken konnte, dass ihre Lebensweise nicht unbedingt die gesündeste war und sie vermutlich Quatsch machte, von dem ich nun wirklich nichts wissen wollte, sah sie mehr oder weniger gut aus und war glücklich und was wollte ich mehr? Ich ließ sie ihre Sachen machen und sie mich meine und so vergingen die Jahre. Irgendwann, es musste so 2004 rum gewesen sein, erzählte sie mir, dass sie "so Knallköpfe" aus den Staaten (oder war es Kanada?) kennengelernt hatte, die ein Magazin führten und noch Leute suchten, die ihnen beim Aufbau der europäischen Editionen halfen. Bei dem Magazin handelte sich um Vice, von dem ich noch nie vorher gehört hatte. Das erste Jahr wuselte Hari in der Redaktion herum, schrieb selbst und machte mehr oder weniger Mädchen für alles, bevor sie in die Videoproduktion rutschte. Hari hatte nie besonderes Interesse an der Photographie oder Video, aber auf einmal produzierte sie ganze Mini-Reportage für Vice und das mehr oder weniger allein. Sie wurde innerhalb eines Jahres so gut darin, dass Vice sie mit zu einem Dreh nach Bagdad nahm, wo sie eine Doku über die dortige Heavy Metal-Szene drehte. Plötzlich kamen andere auf Hari zu, um sie zu buchen, und sie begann, ihre eigenen Dokumentationen zu drehen. Nach und nach arbeitete sie weniger für Vice und mehr als Freie; brachte ihre Reportagen bei den Öffentlich-Rechtlichen unter, aber auch das ein oder andere bei privaten Nachrichtensender. Natürlich sah ich mir alles an und natürlich war ich stolz. Nicht zuletzt, weil man sah, dass sie mit jedem Beitrag ein gutes Stück besser wurde. Bei ihrem Weihnachtsbesuch erzählte sie mir, dass sie an ihrer bis dato größten Arbeit saß: einer Doku über das Massaker am Baghdader Nisour Square. Am 16. September 2007 eröffnete dort ein Konvoi der US-Amerikanischen Firma Blackwater das Feuer und tötete 17 Zivilisten und verletzte 20 weitere schwer. Wie es zu dem Massaker kam, war noch nicht ganz klar, man ging aber von einer Kurzschlussreaktion eines Söldners aus. Blackwater bezeichnet sich selbst als Privates Sicherheits- und Militärunternehmen, ist aber am Ende nichts als ein Haufen Söldner, die für die US-Regierung die Drecksarbeit macht, für die selbst das Militär nicht den Kopf hinhalten will. Ich hatte zwar von dem Massaker gehört, aber die Details waren mir unbekannt. Ich war auf ihre Arbeit gespannt. Und dann war auch schon wieder ein Vierteljahr vergangen und ich saß am Pier und wartete auf ihre Rückkehr.

Eine halbe Stunde später war es dann soweit und die Fähre tauchte am Horizont auf und eine weitere halbe Stunde später war sie auch schon angekommen. Keine zwanzig Passagiere waren auf der Fähre und alle hatten sich bereits auf Deck versammelt und warteten darauf, dass endlich angelegt wurde. Obwohl Hari farblich am dezentesten gekleidet war, fiel sie unter den anderen auf, wie ein Papagei in Karlshorst. Sie trug schwarze Röhrenjeans und eine schwarze Lederjacke und darunter ein weißes T-Shirt mit der Aufschrift *Jonathan Fire*Eater*. Sie war mal wieder ein bisschen dünner geworden und mit der schwarzen Sonnenbrille auf der Nase kam man nicht umhin an den Heroin-Chic der Neunziger Jahre zu denken. Und um das Klischee zu vollenden, war dann auch das erste was sie tat, als sie einen Schritt auf den Inselboden gesetzt hatte, sich eine Zigarette anzuzünden. Sie hatte mich noch nicht gesehen und ich wollte sie eigentlich ein paar Minuten beim Umherschauen beobachten, aber dann konnte ich mich doch nicht beherrschen, sprang auf und rief ihr zu: "Polizei! Dort drüben ist die Grasschmugglerin, von der ich Ihnen erzählt habe!" Die Griechen am Pier drehten sich zu mir um und musterten mich verwirrt und ich lief rot an. Hari schüttelte den Kopf. Sie kam zu mir herüber, stellte ihre Tasche ab und umarmte mich. Ich roch an ihren Haaren und ihrem Hals und dachte nur *mein Gott, wie ich deinen Geruch vermisst habe!* Sie nahm die Sonnenbrille ab und ich sah ihr in ihre lustigen kleinen Knopfaugen und wollte sie gleich nochmal umarmen, aber nicht ohne vorher anzumerken: "Schaust ein bisschen müde aus, mein Kind."

"Ich hab auch seit fast zwei Tagen nicht geschlafen, Mama."

"Seit *zwei* Tagen?"

"Naja, ich bin gestern voll früh auf, um noch was fertig zu machen, und dann am Abend in den Flieger nach Athen. Auf dem Flughafen konnte ich aber nicht schlafen und die Fähre ging erst gegen 14 Uhr und auf der Schaukelding konnte ich erst recht kein Auge zumachen. Und naja, deswegen halt."

"Dann schläfst du morgen einfach den ganzen Tag durch."

"Ich will auf jeden Fall schwimmen gehen."

Wir nahmen beide unsere Taschen und machten uns auf den Weg zurück zum Haus. Nachdem wir aus dem Dorf raus waren, hielten wir kurz an, um uns einen Joint zu drehen. Hari zündete ihn an, nahm einen Zug, dann reichte sie ihn mir und wir gingen weiter.

"Wie geht's Pierre?", fragte ich.

"Wie oft denn noch, Mama? *Peer!* Wie Peer Gynt! Und ja: Ihm geht's gut. Danke der Nachfrage! Ist grad seinen Bruder in Glasgow besuchen."

"Wie läuft die Zusammenarbeit?"

"Du meinst an der Doku?"

"Ja."

"Ähm… keine Ahnung. Gut? Was antwortet man auf sowas?"

"Ich frag nur, weil ich vor ein paar Jahren mal mit einem gewissen Herrn namens Deinem Vater zusammengearbeitet hab, was am Ende zu unserer Trennung geführt hat. Wollt's nur gesagt haben."

"Jaja, Mama. Bin mir sicher, dass das der *einzige* Grund für eure Trennung gewesen war. Lag bestimmt nicht daran, dass Papa ein Sozialidiot ist oder so."

"Sozialidiot? Was hat er denn diesmal angestellt?"

"Ach, nichts weiter. Ist nur sein altes Papa-Selbst."

"Jetzt erzähl schon."

"Ach, Papa und ich hatten mal wieder eine kleine Meinungsverschiedenheit."

"Über was?"

"Ich hatte dir doch erzählt, dass ich Pauli ein Praktikum bei Vice besorgt hab, oder?"

"Ja, ich kann mich dunkel erinnern."

"Naja, stellt sich raus, dass Pauli gar nicht mal so schlecht vor der Kamera ist. Wer hätte das gedacht, nicht wahr?"

Eine rhetorische Frage, weil Pauli sich über die Jahre zu einer bonafide Rampensau entwickelt hatte.

"Seit ein paar Monaten fährt sie schon mit dem Team durch die Weltgeschichte und moderiert sich durch die Beiträge. Gerade ist sie mit in Tunesien, um über irgendeinen Streik zu berichten."

"Und was ist jetzt genau das Problem deines Vaters?"

"Er findet's halt nicht gut, dass sich Pauli jetzt *auch* noch in solche, wie er sagt, "Krisengebiete" begibt. Hätte es halt lieber, dass sie in an der FU hockt und weiter seine Assistenz spielt oder was weiß ich."

"Verstehe. Naja, ist halt auch nicht leicht für ihn. Pauli war die letzte seiner drei Töchter, die er noch irgendwie regelmäßig zu Gesicht bekam. Du düst schon seit Jahren durch die Gegend, Lotte ist in Wien, also blieb nur noch Pauli. Aber gerade bei Pauli war es nur eine Frage der Zeit, bis auch sie flügge werden würde. Ich mein, sie ist von euch Dreien wahrscheinlich diejenige, die am wenigsten das Zeug zum Nesthäkchen hat."

"So seh ich das auch. Aber du kennst ja Papa. Der macht mir lieber passiv-aggressive Vorwürfe anstatt der Natur ins Auge zu blicken."

"Ich werd am Wochenende mal ein Wörtchen mit ihm reden."

"Ach, brauchst du nicht…"

"Werd ich aber."

"Naja, wie du willst. Aber jetzt gib mal den Joint wieder her!"

Zuhause angekommen legte sich Hari auf die Couch und war sofort eingeschlafen. Ganz kitschig beobachtete ich sie eine Weile, dann ging ich in die Küche, um unser Abendessen zuzubereiten. Ich machte eine Art Ratatouile, briet einen Heilbutt und ein paar Kartoffeln. Dazu gab es fertiges Tsatsiki aus dem Halbliterbecher und die erste Flasche Rotwein. Nach dem Abendessen legten wir uns auf die Liegestühle und betrachteten die Sonne beim Untergehen. Während wir uns durch den zweiten Joint des Tages arbeiteten, sagte Hari: "Du Mama…"

"Ja?"

"Wie lang willst du eigentlich noch hier bleiben?"

"Auf der Insel?"

"Ja."

"Wieso?"

"Ich frag nur."

"Du fragst nie *nur*. Stört es dich, dass ich nicht in Berlin bin?"

"Mich? Nein. Nein, nicht im Geringsten."

"Na danke auch!"

"Haha! Nein, so mein ich das nicht. Offensichtlich tut dir das Mittelmeer gut."

"Also?"

"Also was?"

"Also warum fragst du? Wenn du in die Wohnung willst, kannst du gern einziehen. Das hab ich dir schon vor nem Jahr gesagt. Du kannst auch Sachen rausschmeissen, die dich stören. Kein Problem."

"Nein, nein- es geht nicht um die Wohnung, Mama."

"Sondern? Jetzt lass dir doch nicht alles aus der Nase ziehen!"

"Okay, okay. Also es ist so: Für unsere Doku könnte ich noch jemanden für den Research gebrauchen und ich dachte vielleicht hättest du Zeit und Lust und…"

"Für die Recherche? Du kennst doch Dutzenden, die dafür besser geeignet sind als ich."

"Aber niemanden, der so Detailversessen ist wie du."

Ich zog meine rechte Augenbraue hoch und sah Hari skeptisch an. Irgendetwas war daran faul.

"Ich glaub dir kein Wort."

"Ach scheiße… Okay, folgendermaßen: Unser Geldgeber will abspringen. Verspricht sich anscheinend nun doch weniger von der Doku als noch vor ein paar Monaten. Ich hab ihn gefragt, wie es wäre, wenn *du* mit einsteigst. Immerhin hast du ein paar Bücher verkauft und würdest sicherlich auch zur Promo in Talk Shows eingeladen werden. Daraufhin meinte er, dass das für ihn schon ein Grund wäre, wieder mit einzusteigen. Und du musst auch wirkich nicht viel machen, Mama! Bekommst einen Executive Producer-Titel und zeigst dich ein, zwei Mal vor der Kamera. Außerdem könnten wir zusammen durch die Gegend reisen. Gemeinsam auf Flughäfen schlafen, Minibars in den abgeranztesten Hotels plündern, mit dem Mietwagen im Nirgendwo stecken bleiben. So wie früher eben."

"Ich kann mich nicht erinnern, dass wir beide jemals gemeinsam ne Minibar in nem abgeranzten Hotel geplündert hätten."

"Du weißt, was ich meine."

"Wo willst du denn überall hin?"

"Green Zone, D.C., Connecticut. Schon ein paar Stops, aber du glaubst ja nicht, wer sich alles zu einem Interview bereit erklärt hat!"

Ich nickte und sah aufs Meer hinaus.

"Hör mal, Hari…"

"Oh Gott… Du hast keine Lust, gib's zu!"

"Ich helf dir gern bei der Recherche und telefonier auch gern mit dem Geldgeber, aber…"

"Aber du hast keine Lust mit mir zusammenzuarbeiten."

"Es geht nicht darum, dass ich nicht mit *dir* arbeiten möchte. Natürlich würde ich liebend gern mit dir zusammenarbeiten! Aber wenn ich etwas in dem Jahr auf der Insel gelernt habe, dann dass ich nicht mehr in der Weltgeschichte umher rennen muss. Meine hektischen Tage sind vorbei, Hari. Ich bin glücklich hier."

Hari nahm mir den Joint ab und einen tiefen Zug.

"Verstehe. Deine Beteiligung hätte uns sicherlich mit den Geldgebern ein ganzes Stück weitergeholfen, aber ich versteh schon…"

"Lass mich nächste Woche mal mit denen telefonieren."

"Brauchst du nicht. Wenn die nicht wollen, finden wir schon wen anders."

"Bist du sicher?"

"Jaja, keine Sorge. Trotzdem danke! Außerdem kann ich verstehen, dass du nicht von hier weg willst. Ich mein, schau dir nur den Sonnenuntergang an!"

Wir rauchten den Joint zu Ende und tranken noch eine zweite Flasche Rotwein. Mehrmals war Hari auf der Terrasse noch weggenickt, bevor wir dann irgendwann gegen Mitternacht ins Haus gingen und uns schlafen legten.

Wir verbrachten die zwei schönsten Tage miteinander. Wir gingen am Morgen in der Bucht schwimmen und danach ins Dorf zum Mittagessen; wir gingen ins Bouboulina-Museum, besichtigten die orthodoxen Kirchen und den alten Hafen. Wir tratschten über gemeinsame Bekannte und unterhielten uns über ihren Freund ("*Peer! Wie oft denn noch?*"); sie berichtete mir, was es Neues in Berlin gab (viel) und ich ihr, was es Neues auf der Insel gab (wenig); ich las ihr aus dem Bouboulina-Buch vor und sie erzählte mir nochmal im Detail alles über ihre neue Doku. Bis tief in die Nacht saßen wir auf der Terrasse, tranken und quatschten. Und dann, wie als hätten wir nur einmal gezwinkert, waren die Tage auch schon vergangen und es war Samstag.

Als ich aufwachte roch es im Haus bereits nach Kaffee. Ich ging die Treppe nach oben ins Wohnzimmer und tatsächlich: Hari hatte Kaffee gekocht und den Tisch gedeckt. Auf dem Tisch stand ein Teller mit einem… Eclair und einem Zitronenkuchen?

"Happy birthday, Mama!"

Hari kam zu mir herüber und gab mir einen Kuss. Obwohl wir am Vortag noch groß für die Feier eingekauft hatten, hatte ich schon wieder total vergessen, dass mein Geburtstag war.

"Danke, du Maus! Wo hast du denn den Kuchen her?"

"Vom Bäcker."

"Du warst schon im Dorf? Wie spät haben wir es denn?"

"Kurz nach 10."

"Kurz nach 10? Wann bist du denn aufgestanden?"

"Pünktlich um 6. Wollte sichergehen, dass ich schon wieder

zurück bin, bevor du aufwachst. Hätte ich gewusst, dass du heute so lang schläft, dann wär ich erst ne Stunde später los."

"Du bist verrückt! Hättest doch nicht extra erst ins Dorf gehen müssen. Wir hätten doch auch gemeinsam…"

"Pappalapp, Mama! Jetzt setz dich erstmal."

Ich tat wie mir befohlen wurde. Während ich die erste Tasse Kaffee schlürfte, schnitt Hari den Eclair in kleine Stücke und verteilte es auf zwei Teller. Ich nahm den ersten Bissen und dann nahm auch Hari einen. Wir kauten vorsichtig, dann sahen wir beide uns an. Da es mein Geburtstag war, öffnete ich als Erste den Mund und sagte: "Gar nicht mal so gut, oder?"

"Nee. Schmeckt wie zehn Mal gefroren und wieder aufgetaut."

"So ungefähr."

Wir spuckten den Eclair wieder auf und machten uns an den Zitronenkuchen, der wiederum ganz passabel, fast schon gut schmeckte.

"Wollen wir dann schwimmen gehen?", fragte Hari.

"Du kannst gern gehen. Aber ich befürchte, ich muss gleich los zum Dorf. Johannes hat gemeint, er kommt mit der 13 Uhr-Fähre an."

"Ach was? Ich dachte, er kommt mit Papa und den Zwillingen."

"Nee."

"Okay. Ja, dann bleib ich hier und geh nochmal schwimmen. Morgen ist ja bei mir schon Abreise angesagt."

"Mach das, Schatz."

Wir aßen den Kuchen und tranken jeder noch eine Tasse Kaffee. Gerade als ich aufstehen wollte, um mich anzuziehen, sagte Hari: "Ach… ich hab hier übrigens noch was für dich."

Hari griff auf den Stuhl neben sich und holte eine eingepackte kleine, würfelförmige Schachtel hervor und schob sie auf dem Tisch zu mir herüber.

"Du hättest mir doch nichts kaufen müssen, Hari…"

"Jajaja. Ich weiß, ich weiß."

"Aber ich wär schon enttäuscht gewesen, wenn du es nicht getan hättest."

Ich nahm mir den Würfel und packte ihn aus. Darin befand sich eine Ringschachtel.

"Ist nur ne Kleinigkeit. Und die Schachtel gehört eigentlich nicht mit dazu."

Ich öffnete die Ringschachtel. Darin befand sich eine silberne Kette mit einem Anhänger. Ich nahm die Kette heraus und hielt sie hoch. Der Anhänger war aus Bernstein und hatte eine zylindrische Form.

"Weißt du, was das sein soll?", fragte Hari.

"Ein... Berg?"

"Dingdingding! Das soll der Horeb sein, Mama. Hab die Kette in Beirut bei nem Juwelier gesehen und dachte, die muss ich dir holen. Immerhin wurde ich gezeugt, als du und Papa auf Research zum Berg wart."

Ich war immer schon nah am Wasser gebaut, aber so schnell waren mir die Tränen noch nie gekommen.

"Daran kannst du dich erinnern?"

"Naja, zumindest Papa ist nie müde geworden, von eurer Reise zu erzählen. Mahdi und so."

Ich ging zu ihr hinüber und drückte Hari so fest ich konnte und wollte sie nicht mehr loslassen. Ich setzte mich zum Spaß auf ihren Schoß, aber natürlich knirschte sofort der Stuhl und ich sprang wieder auf. Wir mussten beide lachen. Ich machte die Kette um und bedankte mich noch gefühlt weitere hundert Mal, bevor ich mich dann endlich dazu durchringen konnte, mich anzuziehen. Eine halbe Stunde später verließen wir dann endlich gemeinsam das Haus; Hari hinunter zur Bucht und ich ins Dorf.

Es war ein ganz herrlicher Tag. Nur ein paar Wolken waren am tiefblauen Himmel zu sehen und die Ägäis war ganz ruhig. Vögel und die Insekten summten in den Tag hinein und das in einer Lautstärke, wie ich sie seit meiner Ankunft im Jahr zuvor nicht mehr gehört hatte. Es war nicht zu leugnen: Frühling lag in der Luft. Im Radio hatten sie für den Abend zwar einen Sturm angekündigt, aber am Mittag sah man davon noch nichts. Da es mein Geburtstag und mir ganz einfach danach war, drehte ich mir den ersten Joint und kam davon ganz tiefenentspannt im Dorf an. Nachdem ich ein paar Einkäufe getätigt hatte, ging ich mit meinem vollgestopften Rucksack zum Pier und wartete auf die Fähre. Dadurch dass Wochenende war, war am Hafen einiges los; Angler standen auf dem Pier, Einheimische begrüßten ihre Familien vom Festland, Touristen hielten ungelenk ihre Karten in die Luft und versuchten sich zu orientieren. Ich wollte gerade mein Telefon herausholen, um nachzusehen, ob sich Johannes nochmal gemeldet hatte, als mir plötzlich etwas in den Rücken pikste.

"Hände hoch, Frau Weiss! Sie sind festgenommen. Trotz Ihres hohen Alters haben Sie nicht das Recht in den schäbigsten Klamotten aller Zeiten rumzulaufen. Selbstverwahrlosung wird auf Spetses mit fünf Jahren Haft bestraft."

Johannes! Ich drehte mich um und wir umarmten uns. Er sah wie immer fabelhaft aus. Er hatte sich einen langen Bart stehen lassen, was bei den meisten Männern in seinem Alter einfach nur schrecklich aussah, bei ihm aber nicht, da er darauf achtete, nicht aus der Form zu geraten und auch sonst sehr gepflegt aussah. Johannes trug ein weißes Hemd und eine dunkelblaue Anzugshose und würde man es nicht besser wissen, könnte man denken, dass er gerade erst aus dem Hotel gekommen und nicht bereits einen halben Tag unterwegs gewesen war.

"Ich dachte, du kommst erst um 13 Uhr?"

"Konnte eine Fähre früher nehmen. Vom Flughafen zum Hafen ging's schneller als gedacht. Was hat es mit der Jogginghose auf sich? Nicht mal Hari würde sich trauen, so auf die Straße zu gehen."

"Halt die Klappe!"

Wir umarmten uns ein zweites Mal.

"Alles Liebe zum Geburtstag. Hattest du bereits einen guten Morgen?"

"Den besten! Hari hat mir in aller Herren Frühe nen Kuchen gekauft."

"Vorbildlich. Das hat sie mit Sicherheit von mir."

"Von dir? Du hast doch erst in deinen Vierzigern damit angefangen, dich überhaupt an Geburtstage zu erinnern."

"Dann aber richtig! Mit Kalendereinträgen und teuren Geschenken."

"Dann will ich mal hoffen, dass du das teure Geschenk auch heute nicht vergessen hast."

"Ich dachte, mein Erscheinen ist Geschenk genug?"

"Ja, nee. Leider nicht."

Bis zur Ankunft von Gregor und den Zwillingen hatten wir noch ein paar Stunden, also zeigte ich Johannes das Dorf. Nachdem wir mit den Hauptsehenswürdigkeiten durch waren, gingen wir zur Promenade und dort zum Grand Hotel Poseidon, wo ich uns auf der Terrasse in fließendem Griechisch eine Flasche Weißwein bestellte. Nachdem ich ein erstes Glas getrunken hatte, bestellte ich noch einen Bananensaft, um einen Schroederschen Bananensaftweißwein zu machen.

"Dass du das immer noch machst, Klara. Das ist so widerlich. Der gute Wein!"

"Der wird davon nicht schlechter. Außerdem: Menschen sind verschieden. Live and let live. Aber jetzt erzähl: Wie geht's in Tel Aviv?"

Seit Mitte der Neunziger hatte Johannes fest bei Springer gearbeitet und zuletzt geholfen, die Axel-Springer-Akademie mit aufzubauen. Dann hatte er das Haus allerdings verlassen, weil er ein Angebot von Gruner + Jahr auf dem Tisch hatte, einen GEO-Ableger auf die Beine zu stellen, der sich hauptsächlich mit Pressefotografie beschäftigen sollte. Dieser war aber in letzter Minute doch gescheitert und Johannes war zur ARD gegangen. Genauer: ins Tel-Aviv Büro.

"Ach, Klara- was soll ich dir erzählen? Schon okay. Aber um ehrlich zu sein, hätte ich's mir spannender vorgestellt. Ich sitz den ganzen Tag in einem ganz schrecklich klimatisierten Büro herum und korrigiere Texte von anderen und sondiere die Fotos von anderen. Je höher man die Karriereleiter steigt, umso langweiliger werden die Aufgaben."

"Warum gehst du nicht einfach mal mit raus?"

"Ins Getümmel?"

Johannes winkte ab.

"Meine Knie sind im Eimer, mein Rücken macht Probleme und atmen kann ich auch nicht mehr richtig. Keinen Kilometer könnt ich mehr rennen."

Ein paar Jahre zuvor hatte Johannes eine schwere Lungenentzündung, von der er sich nie mehr ganz erholt hatte und aufgrund derer er nach 30 langen Jahren endgültig das Rauchen aufgeben hatte - von 40 Zigaretten am Tag auf Null. Das erste Jahr als Nichtraucher war er unausstehlich gewesen.

"It's a young people's game. Dennoch: Vermissen tu ich's schon." Ich nickte.

"Bei mir ist es seltsamerweise andersrum. Körperlich könnte ich wahrscheinlich noch, aber irgendwie hab ich nicht das geringste Interesse mehr auf den Stress."

"Wer hätte das gedacht, Klara: Menschen sind verschieden! Live and let live. Wahnsinn eigentlich, oder?"

Nachdem wir die Flasche ausgetrunken hatte, machten wir uns bereits ordentlich angeschwipst auf den Weg zurück zum Pier. Es war Stoßzeit am Hafen. Unterwegs holten wir uns noch ein Eis und einen Kaffee, und nachdem wir damit fertig waren, kam auch schon die Fähre. Gregor und Lotte standen fast ganz vorn und stiegen mit als erste aus. Johannes und ich riefen ihnen zu, aber sie machten nicht den Eindruck, dass sie uns hörten. Sie sahen genervt und müde aus. Gregor gestikulierte wild in der Luft herum, Lotte schüttelte den Kopf.

"Ach, Papa- jetzt halt endlich die Klappe!", sagte Lotte, als die beiden vor uns zum Stehen kamen.

Lotte umarmte mich, Johannes kümmerte sich um Gregor.

"Was ist denn bei euch los?", fragte ich. "Und wo habt ihr Pauli gelassen?"

"Ist die Nachricht noch nicht zu dir vorgedrungen?", erwiderte Gregor schnippisch, auf diese selbstgefällige Art, die jeder von ihm kannte und jeder an ihm hasste.

"Nee. Was denn?"

"Pauli konnte heute morgen nicht den Flieger nehmen, weil sie im Krankenhaus liegt!"

"Im Krankenhaus? Was ist passiert?"

"Bei einer Demonstration ist ein Tränengaskanister ganz in ihrer Nähe explodiert, woraufhin sie mit dem Kopf gegen den Kopf eines Demonstranten geknallt ist", antwortete Lotte. "Das wohl aber so heftig, dass es eine Platzwunde auf dem Kopf gibt und ihr Auge in Mitleidenschaft gezogen wurde."

"Es besteht sogar die Chance, dass sie auf dem Auge erblindet, Klara!", fügte Gregor total aufgeregt hinzu.

"Die Chance ist aber im niedrigen einstelligem Bereich, hat Pauli gesagt", milderte Lotte wieder ab.

"Ihr habt mir ihr telefoniert?"

"Ja, vorhin. Abgesehen von Verletzungen ist sie mopsfidel. Das bisschen Blindheit macht Pauli nichts."

"Also ich finde das überhaupt nicht lustig. Ganz und gar nicht", protestierte Gregor.

Lotte verdrehte ihre Augen und sagte: "Wir dem auch sei: Alles Liebe zum Geburtstag, Klara."

Lotte umarmte mich erneut, Gregor klopfte mir währenddessen auf die Schulter und sagte: "Ja. Alles Gute!"

Wir gingen ein halbe Stunde im Dorf herum, dann machten wir uns auf dem Weg zum Haus. Johannes und Gregor redeten über die Bundesliga, während Lotte mir alles Neue aus ihrem Leben berichtete. Zwei Jahre zuvor war sie nach Wien gezogen, um dort Schauspiel zu studieren. Das Studium lief immer noch, aber nebenbei spielte sie schon an einer kleineren Bühne. Momentan war sie mitten in den Proben zu Tschechows *Drei Schwestern*, weshalb sie auch nur ein paar Tage bleiben konnte. Sie spielte die Irina, was lustig war, weil ja auch Lotte die jüngste von drei Schwestern ist (knapp, aber so war es nunmal). Perfektes Method Acting also (was dann nochmal doppelt lustig ist, weil ja Stanislawski, der Erfinder des Method Acting, damals in Moskau die *Drei Schwestern* als erster inszenieren durfte, sich hier also der Kreis schließt). Seit sie nach Wien gezogen war, hatten wir uns regelmäßig im Skype gesehen, aber erst jetzt vis a vis fiel mir auf, dass sie sich verändert hatte; ihr Gang war selbstsicherer, ihr Gesicht hatte an Fülle verloren. Sie war erwachsen geworden.

Als wir beim Haus einbogen, stand Hari schon an der Tür. Sie hatte einen Kegelhut auf den Kopf, in der linken Hand einen ganzen Stapel dieser Hüte und in der rechten ein Weinglas.

"Überraschung!", rief sie uns entgegen.

Lotte rannte los und sprang in die Arme ihrer Schwester. Bis Johannes, Gregor und ich beim Haus angekommen waren, ließen sie sich nicht mehr los.

"Wo hast du denn die Hüte nun schon wieder her?", fragte ich, während Hari mir als erste einen aufsetzte.

"Berufsgeheimnis, Mama."

Hari ging einmal durch und setzte jedem einen der Hüte auf, dann gingen wir ins Haus. Wir ließen die Gepäckstücke fallen und gingen auf die Veranda, wo Hari bereits Getränke und Snacks vorbereitet hatte.

"Weißt du schon Bescheid?", fragte Lotte, als sie sich ein Glas nahm und einen Schluck Wein einschenkte.

"Ja. Pauli hat mich vorhin angerufen. Schöne Scheiße aber auch."

"Ja, *schöne Scheiße*. Ist das alles, was du dazu zu sagen hast?", fragte Gregor.

Hari sah ihren Vater irritiert an und fragte: "Was soll *das* denn jetzt, Papa?"

"Du weißt schon, was ich meine..."

"Nee, weiß ich nicht, Papa! Was willst du damit sagen?"

Gregor erwiderte nichts und nahm sich ebenfalls ein Glas. Hari ließ aber nicht locker.

"Willst du damit sagen, dass etwa *ich* dafür verantwortlich bin, dass sie im Krankenhaus liegt?"

"Deine Worte, Hannah. Nicht meine."

"Oh fuck off! Komm mir nicht mit *Hannah*!"

"Könnt ihr beide bitte mal aufhören! Keine zwei Minuten und schon gehen die Streitereien los", schaltete sich Lotte ein. "Wir sind hier um Klaras Geburtstag zu feiern. Streiten könnt ihr euch, wenn ihr wieder zuhause seid."

"Wir *beide*? Was hab ich denn gemacht? Papa ist mich von der Seite angegangen, nicht ich ihn!"

"Das mag schon sein, Hari. Aber du bist auch nicht unbedingt die Deeskalierenste. Deswegen *ihr beide*."

Hari winkte ab und sagte: "Okay. Whatever."

Nachdem sich die beiden wieder etwas beruhigt hatten, stießen wir an und keine Viertelstunde später war die erste Flasche Wein auch bereits ausgetrunken und die nächste geöffnet. Ich verzog mich mit Lotte in die Küche, um das Abendessen vorzubereiten, während Hari mit Johannes und Gregor über ihre Doku und andere Berliner Angelegenheiten quasselte.

Um Punkt 19 Uhr war das Essen fertig und wir begaben uns zu Tisch. Ich hatte den Fisch etwas versaut und auch der Reis war irgendwie zu verklebt, aber dafür war der Salat ganz gut und das fertig Tsatsiki aus dem Halbliterbecher enttäuschte auch dieses Mal nicht.

"Hört mal, ich hab euch was zu sagen…"

Johannes und Gregor blickten von ihren Tellern auf und sahen mich halb-besorgt an, erwarteten vermutlich eine medizinische Hiobsbotschaft.

"Was denn, Klara?", fragte Lotte.

"Ich weiß, was du uns sagen willst", erwiderte Hari cool und schenkte sich ein weiteres Glas Wein ein.

"Ach ja?", sagte ich. "Na da bin ich aber mal gespannt. Was will ich denn sagen?"

"Du willst uns sagen, werte Mama, dass du nicht nach Berlin zurückkehren wirst. Du wirst auf der Insel bleiben. Hab ich recht?"

Ich war in der Tat verblüfft. Mir war schon klar, dass ich vor Hari nichts verheimlichen konnte, aber dass sie mich so gut kannte, hatte ich nun auch nicht gedacht.

"Nicht schlecht. Und ja, Darling, du hast recht. Ich habe mich dazu entschlossen, hier zu bleiben."

"Wie bitte? Ernsthaft jetzt?", fragte Gregor ungläubig nach.

"Gratulation!", sagte Johannes und hob sein Glas.

"Ja. Gratulation, Klara! Gute Entscheidung."

Wir stießen an. Gregor konnte aber nicht aufhören, Gregor zu sein und fragte: "Und was ist mit deiner Wohnung?"

"Was soll schon sein? Die wird gekündigt."

"Und das Haus… das kannst du dir einfach so leisten?"

"Ich hoffe."

"Und… wie sieht's überhaupt mit der medizinischen Versorgung hier aus? Hast du einen Arzt auf der Insel? Ich meine, du wirst auch nicht unbedingt jünger…"

Johannes musste aufgrund von Gregors Anmerkungen lachen, hatte aber den Mund noch voller Wein und verschluckte sich. Ich konnte über Gregors Aussagen auch nur schmunzeln und sagte: "Ach, mein Gregor…"

Nachdem Johannes seinen Hustenanfall überwunden hatte, sagte er: "Dann hab ich ja gleich das perfekte Einzugsgeschenk für dich. One second."

Er tupfte sich den Mund ab, dann ging er ins Treppenhaus zu seiner Reisetasche und kam einem ganz schrumpelig verpacktem Geschenk zurück.

"Ich hab das Gerät schon aus der Packung geholt, weil es sonst nicht in die Tasche gepasst hätte. Bitte verzeih mir."

Das Geschenk hatte eine seltsame Form und kurz dachte ich, dass es sich vielleicht um einen Handstaubsauger oder einen Toaster handeln würde. Ich riss die Verpackung auf und sah ein schwarzes Gerät vor mir, von dem ich allerdings immer noch nicht sagen konnte, was es war. Zum Glück kam mir Lotte zu Hilfe.

"*Eine Playstation 3?* Wie geil ist das denn, Johannes!"

"Eine Playstation 3?", wiederholte ich.

"Weißt du, wie schwer die zu bekommen sind, Klara? Und wie teuer?"

"Ja… also… nee, weiß ich nicht. Danke, Jo!"

Ich legte die Playstation auf der Couch ab, dann gab ich Johannes einen Kuss. Was er sich mit solchen Geschenken dachte, war mir zwar nicht ganz klar, aber auf jeden Fall hatte ich jetzt einen Zeitvertreib für die Mädchen, wenn sie mich mal besuchen kamen.

"Nichts zu danken."

Wir aßen auf und tranken weiter. Jeder ließ abwechselnd Musik über seinen iPod laufen und es wurde immer lauter. Es dauerte nicht lang und aus zwei leeren Flaschen Wein waren vier geworden. Irgendwann kam Madonnas *Like a Prayer* und Hari und Lotte sprangen auf und fingen an mitzusingen und eine Choreographie zu tanzen, die sich irgendwann in den 90ern einmal zusammen ausgedacht hatten. Wie durch ein Wunder konnten sie sich noch an nahezu jede Bewegung erinnern, das Ende mussten sie allerdings abbrechen, da die Figuren für drei Mädchen konzipiert waren. Leicht erschöpft setzten sie sich wieder und schenkten sich nach.

"Pauli hätte das Ende auf jeden Fall verkackt", sagte Lotte.

"Auf jeden", erwiderte Hari. "Schade, dass sie nicht hier sein kann."

"Hättest ihr eben nicht das Praktikum besorgen sollen", konnte sich Gregor nicht beherrschen. "Dann wäre sie jetzt hier."

"Oh Mann, Papa! Jetzt fang nicht schon wieder an!"

"Wieso? Stimmt doch! Sie ist noch ein halbes Kind! Erklär mir mal bitte, was sie in Tunesien zu tun hat?"

"*Ein halbes Kind?*", protestierten Hari und Lotte gleichzeitig. Dann Hari allein: "Jetzt mach aber mal halblang, Papa. Pauli ist 22! In dem Alter hatte Johannes schon ne halbe Karriere als Kriegsreporter hinter sich. Warst du nicht 23 als du über die islamische Revolution berichtet hast?"

"So ungefähr, ja."

"Halt du dich da raus, Johannes! Von dir haben die Mädchen das doch erst!"

"Von *mir*?"

"*Von Johannes?* Gar nichts haben wir von Johannes! Als ob

wir nicht von allein Interessen entwickeln können! Du bist so ein Spinner, Papa! Weißt du das eigentlich? Und überhaupt: Nicht jeder von uns kann jahrein, jahraus immer das gleiche Zeug an der Uni runterrasseln. Ein paar von uns wollen wirklich was verändern."

"Hör mal, Hannah: Ich musste mit einem Gehalt drei Kinder ernähren! Ich hatte nicht den Luxus, mal eben so *was verändern* zu können. Ich musste…"

"Papa, der Working Class Hero! Schaut ihn euch an, wie er sich sein Leben lang hat totschinden müssen! Drei Kinder musste er durchbringen und trotzdem hat's noch für ne Eigentumswohnung, ein Ferienhaus und ne Handvoll BMWs gereicht. Nee, Papa - in Luxus hast du wirklich *nie* gelebt. Fuck off, echt ey! Du hast so ein verzerrte Selbstwahrnehmung."

"*Ich* habe eine verzerrte Selbstwahrnehmung? Starker Tobak von der Dame, die sich erst letztes Jahr…"

Plötzlich krachte es neben mir. Lotte hatte ihren Teller samt Besteck auf den Boden geschmissen.

"*Könnt ihr beide einfach mal die Klappe halten?*", rief sie. "Müsst ihr euch denn *jedes Mal* streiten? Ich dachte, wir sind herkommen, um zum ersten Mal seit Jahren mal wieder in Ruhe zusammen Zeit miteinander verbringen zu können. Aber nein - ihr beiden schafft es nichtmal ein paar Stunden, ohne dass ihr euch in die Haare fallt. Verdammte Scheiße aber auch!"

Lotte stand auf und ließ dabei ihren Stuhl umkippen, den sie aber sofort wieder aufstellte. Dann ging sie über die Treppen nach unten in Richtung Bucht. Hari holte eine zerknüllte Packung Zigaretten aus ihrer Hosentasche und öffnete sie.

"Ach fuck…"

Hari knallte die leere Packung auf den Tisch, dann stand auch sie auf und nahm sich ihre Jacke.

"Ich geh kurz ins Dorf, um mir Zigaretten zu holen. Bis später."

Ohne sich noch einmal umzudrehen, verließ sie das Haus. Einen Moment lang saßen Gregor, Johannes und ich einfach nur schweigend da. Dann fragte Johannes: "Will noch jemand Wein?"

"Verflucht nochmal! Dass ihr immer so viel trinken müsst! Kein Wunder, dass hier immer alle kurz vorm Explodieren sind."

"*Hier?*", sagte Johannes. "Hier war niemand am Explodieren bis *du* angekommen bist, Gregor!

"Ja. Jetzt mach nicht den Wein für den Streit verantwortlich. Was musst du Hari auch so anfahren! Als ob sie irgendwas dafür kann, dass Pauli verletzt wurde."

"It comes with the territory, Gregor", pflichtete Johannes mir bei.

Gregor sah erst Johannes, dann mir in die Augen und biss dabei seine Zähne so sehr zusammen, dass sein Unterkiefer zitterte. Kurz dachte ich, dass auch er den Teller auf den Boden knallen würde, aber dann schüttelte er einfach nur den Kopf und sagte: "Manchmal frag ich mich wirklich, ob ihr nur ignorant seid oder ob es euch einfach egal ist, was mit den Mädchen passiert. Natürlich ist es klar, dass die Gefahr besteht, verletzt zu werden, wenn man sich in ein Krisengebiet begibt. Darum geht's mir ja! Dass Hari Pauli bewusst dieser Gefahr aussetzt, dadurch dass sie ihr diesen Job besorgt hat. Jetzt kann man natürlich sagen, dass die Arbeit *relevant* oder *cool* oder was weiß ich nicht alles ist, aber das ist mir relativ schnuppe. Ich will einfach nicht, dass meinen Töchtern etwas zustößt! Ich will nicht, dass eine von ihnen verletzt wird. Was ist daran nur so schwer zu begreifen?"

Gregor schüttelte den Kopf.

"Ich versteh euch einfach nicht", fuhr er fort. "Vielleicht hab ich euch nie verstanden. Ihr seid so selbstbezogen. Immer denkt ihr immer nur an eure eigenen Befindlichkeiten."

"*Wir?*", fragte Johannes.

"Ja, klar *ihr*! Habt ihr euch nie gefragt, warum ihr es nicht auf die Reihe bekommt, mal eine Beziehung zu führen, die länger als nur ein paar Jahre dauert? Warum ihr es nie lange in irgendeinem Job oder mit irgendeinem Projekt aushaltet?"

"Ich wette, du wirst und gleich aufklären, Gregor..."

"Weil euch langweilig wird! Ihr seid wie Kinder."

Johannes und ich und sahen uns an. Dann sagte ich: "Bist du fertig, Gregor? Hast du dich ausgekotzt, ja? Ich glaub, ich muss mal mit Miri telefonieren und sie fragen, ob du noch alle Tassen im Schrank hast."

Ich schenkte mir noch ein Glas Wein ein. Dann stand ich auf und ging zur Kommode, auf der mein Gras lag, um mir einen Joint zu drehen. Nachdem ich damit fertig war, sagte ich: "Ich geh mal nach Lotte schauen. Für jemanden der so Selbstbezogen ist wie ich, liegt es mir nämlich schon am Herzen, dass es allen meinen Gästen gut geht."

Während ich die Treppenstufen von der Terrasse nach unten ging, fing es an zu nieseln. Die Sonne war bereits untergegangen, aber noch gab es genug Licht. Als ich bei der Bucht ankam, saß Lotte auf dem selben Stein auf dem auch ich immer saß. Ich winkte ihr zu und sie winkte mir vorsichtig zurück. Ich setzte mich auf den Stein neben sie.

"Sorry, dass ich so ausgerastet bin, Klara."

"Ach quatsch! Dafür musst dich doch dafür nicht entschuldigen, Krümel. Ich fand die beiden auch nervig."

"Ich wollte dir nicht deine Geburtstagsfeier kaputtmachen."

"Wirklich: Mach dir keine Sorgen. Außerdem ist der Abend noch jung. Ich hoffe, dass die Feier noch ein paar Stunden geht."

Ich zündete den Joint an und nahm einen Zug, dann reichte ich ihn Lotte. Über dem Festland zogen die Wolken zusammen und auch der Wellengang wurde stärker. In der Ferne hörte man leise Sirenen.

"Ich muss dir was erzählen, Klara."

"Raus mit der Sprache."

"Bitte erzähl es nicht weiter, ja? Bis jetzt weiß es nämlich niemand."

"Oh oh…"

Lotte nahm einen Zug, dann reichte sie ihn zurück. Ich nickte und wusste, dass diese Ankündigungen nur zwei Sachen bedeuten konnte: Entweder hatte sie sich verlobt oder sie war…

"Ich bin schwanger."

Der Zug blieb mir im auf halben Wege hängen und ich musste husten. Tränen schossen mir in die Augen. Ich schaffte es dennoch, ein paar verkrampfte Wörter herauszuwürgen: "Oh Mann, Lotte…. du bist *was*?"

"Schwanger. Aber gerade mal in der 9. Woche."

"Oh Mann, Lotte… Gratu… Gratulation? Darf man das wünschen? Willst du das Kind?"

Lotte nahm mir den Joint wieder ab.

"Ich… eigentlich nicht. Aber ich weiß es nicht. Das ist alles so scheiße, Klara. Was hab ich nur gemacht?"

"Wie bist du denn dazu gekommen? Also ich mein, ich weiß natürlich wie, aber… aber… darf ich fragen, wer der Vater ist?"

Lotte ließ ihr Gesicht in ihre Hände fallen und für einen kurzen Moment wirkte es, als würde sie weinen, aber eigentlich lachte sie (oder?).

"Oh Gott- das ist so peinlich, Klara. Ich trau's mir gar nicht zu sagen."

"Jetzt sag nicht der Regisseur der *Drei Schwestern*?"

"Nee. Schlimmer!"

"Einer deiner Professoren?"

"Schlimmer!"

Ich überlegte einen Moment. Angefeuert von dem Gras kamen mir aber nur Quatschgedanken. Lotte hob ihren Kopf und sah mir in die Augen.

"Der Vater ist ein 19-jähriger BWL-Student, den ich bei ner Privatfeier kennengelernt hab!"

"Wie bitte?"

Mit dieser Antwort hatte ich nun wirklich nicht gerechnet.

"Ein ganz schleimiger noch dazu, der selbst noch wie ein Kind aussieht und mit dem ich nur geschlafen hab, weil mir langweilig und ich high war. Oh Mann, Klara… was hab ich nur getan?"

Sie vergrub ihr Gesicht wieder in ihren Händen. Diesmal weinte sie wirklich, dachte ich, aber sicher war ich mir nicht. Ich nahm noch einen Zug vom Joint und streichelte ihr dabei den Rücken.

Und während die arme Lotte neben mir schluchzte, musste ich plötzlich laut anfangen zu lachen. So laut, dass es aus der Bucht heraus aufs Meer schaltete.

"*Und er ist auch noch 19? Ich glaub es ja nicht, Lotte…*"

Vom Lachen trieb es auch mir erneut die Tränen in die Augen. Lotte lehnte sich auf meinen Schoss und es dauerte nicht lang und auch sie fing an zu lachen. Eine Weile saßen wir einfach nur da, rauchten und lachten uns schlapp. So ein Quatsch konnte auch nur einem der Zwillinge passieren, dachte ich. Irgendwann setzte sich Lotte wieder hin und wischte sich ihr Gesicht mit dem Ärmel ihres Pullovers ab.

"Willst du ein Taschentuch?", fragte ich.

"Der Pullover reicht schon. Den kann ich eh bald nicht mehr anziehen, wenn das Kind mich zur fetten Tonne gemacht hat."

"Armes Lottchen! Du weißt schon, dass so ne Schwangerschaft auch vorbeigeht, oder? Sogar schneller als man denkt. Ehe du dich versiehst, passt du wieder in den Pulli. Keine Sorge."

"Ich glaub dir kein Wort."

"Weiß der Vater des Kindes schon davon?"

"Nee. Ich hab noch nichtmal seine Nummer! Wenigstens hat er mich auf MySpace befreundet, sonst wüßte ich gar nicht, wie ich ihn erreichen soll."

"Immerhin."

"Oh Mann…"

"Mach dir keine Sorgen, Krümel. Das wird schon. Egal wie du dich entscheidest."

Wir saßen noch ein paar Minuten und beobachteten das sich entwickelte Gewitter über dem Festland, dann fragte ich: "Wollen wir wieder hoch?"

"Hoffen wir mal, dass sich Papa wieder beruhigt hat."

"Johannes wird ihn schon zurecht gestutzt haben, keine Sorge."

Wir gingen den Pfad zurück zum Haus. In der letzten Stunde war der Niesel zu einem Regen geworden und wir zogen beide unsere Pullis über die Köpfe. Kurz bevor wir beim Haus ankamen, fragte Lotte dann: "Was ist denn das?"

"Was denn, Krümel?", fragte ich, aber dann sah ich es selbst: Ein rot-blaues Leuchten war neben dem Haus zu sehen und schien von der Straße zu kommen. Schnell gingen wir die Treppen zur Terrasse nach oben und dann auf der anderen Seite der Terrasse, um einen besseren Blick auf die Straße werfen zu können. Ein Polizeiauto stand vor dem Haus, und ich sah, dass sich Johannes mit zwei Polizisten unterhielt. Plötzlich wurde mein Puls schneller und mir wurde heiß.

"Was ist denn hier los?", fragte Lotte, aber ich erwiderte nichts, sondern rannte die Treppen hinunter ins Erdgeschoss. Die Haustür stand offen und ich hörte, wie sich Johannes auf Englisch unterhielt. Ich trat auf die Straße und sah mich um. Gregor saß auf der gegenüberliegenden Straßenseite an einen Baum gelehnt und starrte ins Nichts. Er war ganz blass und zitterte. Mein Puls erhöhte sich so sehr, dass meine Hände und meine Kopfhaut zu kribbeln begannen. Als Johannes mich sah, sah er mich ängstlich an. Auch er war ganz blass.

"Jo, was… was will denn die Polizei hier?"

"Klara, du…"

Johannes sah an mir vorbei zu Lotte und sagte zu ihr: "Kannst du Klara mal bitte rein bringen? Ich komm gleich."

"Johannes! Was ist passiert?", fragt ich. "Wo ist Hari?"

Ich blickte verunsichert zum ersten Polizisten, aber als sich unsere Augen trafen, sah er weg. Ich blickte zum zweiten Polizisten, aber auch er sah mich nicht an.

"Hör mal, Klara. Es… es gab einen Unfall."

"Einen Unfall?"

"Es ist vielleicht besser, wenn du dich setzt."

"Wo ist Hari, Johannes?"

"Es ist niemandes Schuld, okay? Es war dunkel und der Autofahrer hat sie nicht gesehen und…"

"*Wo ist Hari?*", schrie ich. "Ist sie im Krankenhaus? Wird sie aufs Festland gebracht?"

"Klara…"

"Wo ist sie?"

"Klara... Hari ist... Hari ist tot."

Ein gleißendes Licht kam auf mich zu und ich konnte mich nicht bewegen. Es war, wie als stünde ich auf den Gleisen und ein Güterzug bewegt sich auf mich zu. Das Licht wurde immer heller und ich schrie, dann knackste plötzlich etwas ganz laut in meinem Kopf und ich kippte um. Ich sah noch, wie sich alle um mich herum versammelten, aber ich hörte sie nicht mehr. Ein Pfeifen hatte alles überschrieben. Und dann wurde es schwarz.

Auf der Insel vergehen ganze Tage, bevor man ein Auto zu Gesicht bekommt. In meinen 344 Wanderungen vom Haus zum Dorf und vom Dorf zurück zum Haus waren mir nur eine Handvoll Autos begegnet. Die Chance auf dieser Insel von einem Auto erfasst und getötet zu werden sind gleich null. Und doch war meine Hari auf diese Weise ums Leben gekommen.

Hannah-Rivka Weiss war am 30.06.1980 in Zehlendorf mit einen Kaiserschnitt zur Welt gekommen. Am 05.04.2008 hatte sie die Welt wieder verlassen. Sie war 27 Jahre alt geworden.

Sinai, 2014

Die Sonne ging unter und färbte das Land rot. In der Ferne sah ich den Golf von Akaba, ansonsten nichts als die rollenden Berge Sinais. Selbst im Schatten der Schlucht hatte es noch über 30 Grad, aber nicht mehr lang, dachte ich, dann würde die Nacht hereingebrochen sein und es sich merklich abkühlen. Seit zwei Stunden ging ich bereits die Straße hinunter in Richtung Küste, in der Hoffnung auf jemanden zu treffen, der mir mit dem Wagen helfen konnte, aber weder einem Ägypter, noch einem Beduinen, noch nicht einmal einen anderen Touristen war ich begegnet. Johannes hatte noch gesagt, dass ich besser mit einer Reisegruppe zum Horeb aufbrechen sollte; dass das von Eilat oder sogar direkt von Tel Aviv aus kein Problem sei, aber nein, ich musste ja unbedingt selbst fahren. Und natürlich kam was kommen musste: Irgendwo zwischen der ägyptischen Hafenstadt Nuwaiba und dem Katharinenberg gab der Motor des Land Rovers mit einem lauten Knall den Geist auf. Ich hatte nur noch Rauch gesehen, war von der Straße abgekommen und gegen einen Felsen gekracht. Mir war zum Glück nichts passiert, aber der Wagen ließ sich nicht mehr starten. Die erste Stunde saß ich im Schatten herum, in der Hoffnung, dass jemand vorbei kommt oder ich zumindest Netz auf mein Telefon bekomme, aber es kam niemand vorbei und Netz bekam ich auch nicht. Als es dann zu dämmern begann, entschloss ich mich, in Richtung Golf aufzubrechen. Meine Füße taten weh und mein Mund war trocken. Ich hatte großen Durst, aber nur noch einen halben Liter Wasser in der Thermoskanne, der mich - wenn's schlecht lief - über die Nacht bringen musste. Immerhin hatte ich mich dazu entschieden, leicht zu reisen und meinen Rucksack im Wagen zurück gelassen. Immerhin.

Bei einer Gruppe Akazien hielt ich an, um eine Zigarette zu rauchen. Während ich rauchte, spielte ich an Haris iPod herum, den ich eigentlich am Horeb hatte vergraben wollen. Eine letzte theatralische Geste zu Ehren meiner Tochter hatte es werden sollen. Und jetzt schau her, Hari, noch nicht einmal das hatte deine Mutter geschafft.

Das erste Jahr nach Haris Tod ist verschwommen, die ersten Wochen besonders. Ich weiß noch, dass ich irgendwann in einem Athener Krankenhaus zu mir kam, Gregor neben mir stand und mich fragte, wie wir ihren Leichnam überführen sollen. Gregors Gesicht war eingefallen, seine Augen aufgerissen und rot. Er zitterte und sah selbst aus wie der Tod. Ich wusste nicht, was er damit meinte. Die Frage klang so surreal, wie so vieles im folgenden Jahr surreal klingen und einfach keinen Sinn ergeben sollte. Aber auch Gregor war überfordert und stand genauso unter Schock wie ich. Zum Glück war Johannes da, der für uns beide einen klaren Kopf behielt und mit den Ärzten und den Behörden sprach. Im Nachhinein betrachtet hat er die ganze Arbeit gemacht und wir nur die Unterschriften gesetzt und genickt. Einzig eine Entscheidung hatte ich allein und in mehr oder weniger vollem Bewusstsein getroffen: Die Frage, wie wir mit Haris Leichnam umgehen sollen. Ich musste nicht lange überlegen und beschloss, dass wir ihn direkt in Athen einäschern; Hari hätte nicht gewollt, in einem Sarg beerdigt zu werden und ich wollte das auch nicht. Gregor protestierte kurz, wollte zumindest ihren Leichnam zunächst nach Deutschland bringen, um ihn dort einäschern zu lassen, hatte aber nicht die Kraft, dafür zu argumentieren. Die Einäscherung in Athen war die einfachste Lösung. Ein paar Tage später gab man uns eine beige-farbene Urne, auf deren Deckel ein Sticker mit ihrem Namen klebte, und einen banalen

Plastikbeutel mit ihren Überresten - Jeans, Lederjacke und ihrem iPod. Die Urne hatte ich dann im Handgepäck mitgenommen und musste sogar eine Stewardess bitten, sie im Fach über mir zu verstauen, was einfach nur absurd war. Nach der Ankunft in Berlin stieg ich noch ein letztes Mal in ein Taxi, bevor ich für sehr lange Zeit in meiner Wohnung verschwand. Wie ich die ersten Wochen überlebte, kann ich nicht mehr sagen. Ich muss wenig bis nichts gegessen haben, denn erst im Mai fing Pauli an, für mich einkaufen zu gehen und zu kochen. Sie kam zwei Mal in der Woche vorbei und blieb die Nacht über, um mit mir trashige Filme zu schauen. Sie bot sogar an, bei mir einzuziehen, was ich aber wirklich nicht annehmen konnte, wusste ich doch, wie glücklich sie in ihrer WG war. Die ersten Monate machte ich nichts, außer mich zwischen Bett, Couch und Toilette hin und her zu bewegen; ich aß, wenn Pauli da war, ansonsten lebte ich nur von Wasser; ich schaute fern, aber schaute nicht wirklich fern. Pauli ermutigte mich, das Bouboulina-Buch fertig zu schreiben, um mich etwas abzulenken, aber ich konnte nicht. Schon beim Gedanken an das Buch musste ich an die Insel denken und mir wurde schlecht. Ich war mir sicher, dass ich nie wieder irgendetwas schreiben würde, denn wozu auch? Meine Hari war nicht mehr da und es fühlte sich an, als hätte sie mich mitgenommen und nur eine Klara-Hülle zurückgelassen. Immer öfter ließ ich Dinge fallen und besonders oft, wenn Pauli anwesend war, da sie mir ständig irgendwelche Teller und Gläser in die Hand drückte. Bei jedem Besuch fragt Pauli, ob ich nicht einmal spazieren gehen möchte, aber nichts wollte ich weniger, als unter Menschen zu sein. Dass dieser Lebensstil nicht gut für mich war, ließ sich allerdings nicht mehr ignorieren. Vom ständigen Liegen taten mir mein Rücken, meine Knie und meine Fußgelenke weh. So sehr, dass ich Probleme hatte vom Schlafzimmer zur Küche zu gehen. Es war in der letzten Oktoberwoche als ich im Flur einen Schwächeanfall erlitt und umkippte. Ich hatte nicht die Kraft gehabt, mich vernünftig abzufangen und mir den Kopf an der Schuhbank gestoßen. Ich fühlte den Kopf und meine Hand wurde warm. Ich blutete und entschied mich, einen Moment lang liegen zu bleiben. Während ich so lag, sah ich unter dem Garderobenschrank den Beutel mit Haris Überresten. Ich zog den Beutel hervor und leerte ihn auf dem Boden aus. Ich roch an ihrer Hose und an ihrer Jacke. In der Innentasche der Jacke fand ich einen Joint und ein Feuerzeug. Dann sah ich den iPod und erst in diesem Moment realisierte ich, dass Hari in der Nacht, in der sie ums Leben gekommen war, Musik gehört hatte und deswegen - vermutlich - den Wagen nicht hatte kommen hören. Ich wurde wütend und wollte das Ding schon gegen die Wand schmeissen, aber dann interessierte mich doch, was sie in jener Nacht gehört hatte. Ich drückte den Play-Knopf und der iPod sprang an. Es lief *Amelia* von Joni Mitchells Platte *Hejira*. Ich setzte die Kopfhörer auf und erinnerte mich, dass ich die Platte damals in Saudi-Arabien dabei hatte, als ich mit ihrem Vater auf Recherche zum Horeb war. Und daran, dass ich sie am Morgen nachdem ich zum ersten Mal mit Klaus geschlafen hatte, gehört hatte. *I dreamed of 747s over geometric farms. Dreams, Amilia. Dreams and false alarms.* Und plötzlich musste ich anfangen zu weinen. Ich drückte mich vom Boden auf, zog mir Haris Lederjacke über und nahm mir die Schlüssel. Dann verließ ich zum ersten Mal seit Monaten wieder meine Wohnung. Es war eine milde Nacht und ich entschloss mich, hinunter zum Weinbergpark zu gehen. Ein paar junge Leute saßen herum, tranken Bier und rauchten. Ich setzte mich auf eine Bank und zündete mir den Joint an. Er war total trocken und eigentlich unrauchbar, aber ich rauchte ihn trotzdem und hustete mir mit jedem Zug die halbe Lunge aus.

Ein junger Mann sprach mich von der Seite an und fragte: "Ähm… tschuldigung. Alles in Ordnung?"

"Wieso?"

"Sie bluten."

Der junge Mann rief mir ein Taxi und eine Stunde später wurde mein Kopf im Hedwig-Krankenhaus geflickt. Ich blieb die Nacht über. Als mich Pauli am Morgen anrief und fragte, wo ich sei und nachfolgend dazu, wann sie mich abholen soll, sagte ich nur: "Keine Sorge, Maus. Ich schaff's allein. Wir sehen uns am Abend, ja?"

Ich nahm den langen Weg zurück nach Hause; ging über Unter den Linden zum Tiergarten und über den Wedding zurück in den Prenzlauer Berg. Dabei hörte ich *Hejira* auf Rotation und wurde das Gefühl nicht los, dass vielleicht die dunkelsten Tage hinter mir lagen.

Haris Freunde hatten bereits zwei Monate nach ihrem Tod eine Trauerfeier abgehalten, aber zu dieser Zeit war ich nicht bereit gewesen, daran teilzunehmen. Es sollte mehr als ein Jahr vergehen, bis ich im Sommer 2009 eine eigene Trauerfeier für Hari organisierte. Als ich ihre Freunde fragte, welche Location sich anbieten würde, hatten sie mir ein paar Bars in Kreuzkölln vorgeschlagen und die wären mir auch alle recht gewesen, aber dann schlug Pauli meine Wohnung vor. Sie wollte, dass wieder etwas "Leben" in die Wohnung kam und ich wusste natürlich, was sie meinte: Das Jahr war auch an meiner Wohnung nicht spurlos vorüber gegangen und eine Feier gab mir Anlass, die Möbel umzuräumen, zu dekorieren und sogar ein wenig zu streichen. In der Einladung schrieben wir, dass niemand in Schwarz zu kommen braucht, es sei denn die Person will es wirklich wirklich.

"Was machen wir mit der Urne?"

"Meinst du, es ist zu makaber sie hier stehen zu lassen?"

"Nee, nee. Ich finde, wir sollten sie eher *noch* prominenter hinstellen. Immerhin ist es Haris Feier."

Lange wussten wir nicht, wo wir Hari beisetzen sollten. Gregor ging davon aus, dass ich Haris Urne neben meinen Eltern begraben wollte, aber nichts wollte ich weniger als das. Es war eine Sache die Namen meiner Eltern auf Grabsteinen zu lesen, aber daneben den Namen meiner Tochter schien mir unmöglich. Wir schoben die Entscheidung auf und die Monate vergingen. Gelegentlich sprach ich mit Gregor darüber, aber eine Lösung fanden wir nicht. Die Urne stand bei mir im Wohnzimmer und irgendwie fühlte ich mich ganz wohl damit; ihre Überreste waren bei mir und nicht dutzende Kilometer entfernt unter der Erde; ich konnte mit ihr reden, wann immer mir danach war. Als ich Gregor mitteilte, dass ich die Urne gern behalten und Hari nicht beisetzen will, fragte er mich, ob ich noch alle Tassen im Schrank hätte. Ich war mir nicht sicher. Mir war klar, wie bizarr das für andere gewirkt haben muss, aber ich fand es besser so. Gregor protestierte zunächst, aber irgendwann gab er nach. Danach fragte ich Haris Freund Peer, Lotte und Pauli, und auch sie hatten nichts dagegen einzuwenden, die Urne bei mir zu besuchen, anstatt auf irgendeinem Friedhof, zu dem keiner von uns einen Bezug hatte.

Die Vorbereitungen für die Trauerfeier dauerten ein paar Wochen. Am Anfang hatte sich Pauli um das meiste gekümmert, aber zum Ende hin hatte mehr und weniger ich das Steuer übernommen. Und dann, am ersten Juli-Wochenende, war es soweit.

Die Gäste waren auf 15 Uhr geladen. Wir erwarteten genau 30 Personen. (Johannes hatte im letzten Moment absagen müssen, da er sich zwei Tage zuvor im Treppenhaus des Tel Aviver ARD-Büros das Bein gebrochen hatte.) Pauli hatte bei mir übernachtet und mir am Morgen mit den letzten Einkäufen geholfen. Wir machten Tortilla und Salat; Getränke waren selbst mitzubringen. Pauli und ich hatten gerade mit dem Schneiden der Kartoffeln begonnen, als es klingelte. Es war noch nicht einmal 13 Uhr. Wir sahen uns kurz verwirrt an, dann legte ich das Messer beiseite und ging zur Gegensprechanlage.

"Ja?"

"*Suprise!*", rief es vor der Haustür. Ein warmes Gefühlt breitete sich in meiner Brust aus.

Pauli kam aus der Küche und fragte: "Post?"

"Nee. Dein Schwesterherz."

"Dass sie sich nie an Verabredungen halten kann! 15 Uhr hat's geheißen! Herrgott nochmal."

Pauli schüttelte den Kopf und verschwand wieder in der Küche. Ich trat ins Treppenhaus. Plötzlich war ich total aufgeregt. Ich wischte meine Hände an der Schürze ab und fuhr mir irgendwie durch die Haare, in der Hoffnung, dass ich sie richtete, aber natürlich machte ich sie dadurch nur noch liederlicher. Ich hatte Lotte das letzte Mal im vergangenen Sommer gesehen, aber da war ich so neben mir gewesen, dass ich mich kaum daran erinnern konnte.

Eine männliche Stimme fragte in starken Wienerisch: "Welche Etage?"

"Fünfte."

Ich hörte die drei nach oben kommen und je näher sie kamen, umso breiter wurde das Lächeln auf meinem Gesicht. Die Hormone schossen nur so durch meinen Körper und ich wusste nicht, wie mir geschah. Ich war so aufgeregt, dass meine Finger zu kribbeln begannen. So hatte ich mich schon sehr lange nicht mehr gefühlt. Und dann kam auch schon Lotte um die Ecke. Sie hatte ihren Sohn im Arm, hielt seine rechte Hand zwischen ihren Fingern und tat so, als ob er mir zuwinkte. Meine Augen wurden feucht und der Kleine fing an zu schreien.

"Hör mal, Klara", sagte Lotte. "Da will wohl jemand Hallo sagen."

Auf meiner Etage angekommen, umarmte mich Lotte und drückte mir sofort den Kleinen in die Hand.

"Und das hier ist unser Lukas. Sag Hallo zu deiner Tante, Lukas!"

Die Gefühle überschlugen sich, ich wurde sogar zittrig. Es war Jahrzehnte her gewesen, dass ich ein Baby in den Armen hatte. Der kleine Lukas schrie und war dabei so süß, dass es mein Herz fast nicht aushielt. Lotte gab mir einen Kuss auf die Wange, dann drückte sie sich an mir vorbei und begrüßte ihre Schwester.

"Hi!", sagte der Vater des Jungen. Er hatte zwei Taschen über den Schultern und war verschwitzt. Er sah ganz anders aus, als ich ihn mir vorgestellt hatte. Ich hatte wirklich ein halbes Kind im Kopf gehabt, aber erinnerte mich eher an eine jüngere Version von Johannes - so groß wie Hari ungefähr, die Haare verwirrt in alle Richtungen stehend, schlank. Er hielt mir zur Begrüßung seine Hand hin, realisierte aber sofort, dass ich keine Hand frei hatte, weil ich ja seinen Sohn in den Armen hielt, und zog seine Hand wieder weg. "Konrad. Freut mich!"

"Klara. Freut mich ebenfalls."

"Und ähm… mein Beileid!"

"Danke. Aber komm erstmal rein."

Wir gingen zu den Zwillingen in die Küche. Pauli hatte bereits eine Flasche Sekt in der Hand und schenkte den beiden Gläser ein.

"Magst du auch, Klara?"

"Ich… also…"

Seit Haris Tod hatte ich keinen Tropfen Alkohol angerührt. Zum einen, weil ich wirklich keine Lust darauf hatte, aber zum anderen auch aus Angst, dass er mir vielleicht etwas zu gut tun würde.

"Ja… warum nicht?"

Lukas hörte auf einmal mit dem Schreien auf und ich dachte, dass es an meinen Wippkünsten lag, aber dann roch man, dass er sich einfach nur erleichtert fühlte. Konrad roch es ebenfalls und nahm mir den Jungen ab.

"Ich geh mal kurz die Windeln wechseln. Ähm…?"

"Wo du magst, Konrad. Das Wohnzimmer ist dort, die Schlafzimmer dort hinten und das Bad um die Ecke."

"Danke!"

Vater und Sohn verschwanden in Richtung Badezimmer und ich stellte mich zu den Zwillingen. Pauli drückte uns jeder ein Glas in die Hand, dann hob sie ihres zum Anstoßen.

"Schade, dass Hari nicht hier ist. Es war ein schreckliches Jahr ohne sie und irgendwie kann ich's immer noch nicht so richtig glauben. Aber ich weiß auch, dass Hari nicht wollen würde, dass wir uns mit trauriger Mine gegenüber stehen, wenn wir schonmal zusammen kommen. Von daher: Prost und auf unsere große Schwester!"

"Gut gesagt, Paul", sagte Lotte.

Ich nickte und wir stießen an.

"Und außerdem: Wirklich weg ist sie ja nicht. Alles ist in Transformation und so…", fügte Lotte hinzu.

"Jajaja. Schick ja deinen Sohn nicht auf irgendsone Esoteriker-Schule", sagte Pauli.

"Keine Sorge."

"Geimpft ist er auch, hoffe ich!"

"Ja, Mann! Meine Güte! Darf man hier nicht einmal was Metaphysisches äußern, ohne gleich an den Öko-Pranger gestellt zu werden?"

"Nee."

Dann wandte sich Lotte mir zu.

"Klara, du siehst schrecklich aus."

Ich ging zum offenen Fenster und drehte es so, dass ich mich darin spiegelte. Lotte hatte recht.

"Kannst du Klara nicht mal in die Sonne mitnehmen, Paul?"

"Ich versuch's jeden Tag. Trust me."

"Naja, wir sind ja jetzt ne Woche da. Kannst dich drauf verlassen, dass wir dich ausgiebig ins Grüne schleppen werden. Speaking of Frische Luft: Wollen wir kurz auf den Balkon?"

"Scheiße: Der Balkon!", sagte ich. "Den müssen wir noch saubermachen."

"Stimmt. Und die Tortillas müssen auch noch gemacht werden", ergänzte Pauli.

Wir tranken unsere Gläser aus und machten uns an die Arbeit.

Als erste nicht-familiäre Gäste kamen Erika und Louisa, zwei Freundinnen aus Schulzeiten, an. Die beiden hatten bereits getrunken, was ihnen zunächst etwas peinlich war, aber als sie sahen, dass auch wir bereits getrunken hatten, nicht mehr. Die Zwillinge erinnerten sich an die beiden und ich musste nicht groß vorstellen. Kurz darauf kam Peer. Ich hatte Peer nach Haris Tod kennengelernt, konnte mich aber an das Treffen nicht erinnern. Er kam mich ein weiteres Mal um Weihnachten herum besuchen, aber auch bei diesem Treffen hinterließ er keinen bleibenden Eindruck. Er war nett, vom sogenannten Hocker gehauen hatte er mich aber nicht. Auch zu Hari schien er mir nicht zu recht zu passen und ich bezweifelte, dass die beiden es lange miteinander ausgehalten hätten.

"Hallo Frau Weiss."

"Hallo Peer. Wie geht's?"

"Muss, oder?"

Peer sah fertig aus. Er war blass und dürr, seine Augen waren leicht gerötet und seine Haare strähnig. Er hatte einen Blumenstrauße und eine Flasche Gin dabei. Ich bedankte mich für die Blumen und stellte sie in die einzige Vase, die ich besaß. In diesem Moment realisierte ich, dass Peer wohl nicht der einzige mit Blumen sein würde und ich Vasen-mäßig aufgeschmissen war.

"Magst du was trinken?"

"Was haben Sie denn da?"

"Bis jetzt wurde Sekt und Weißwein angeschleppt. Und von dir ne Flasche Gin."

"Ich glaub, ich nehm gleich mal einen Schluck vom Gin."

"Tu dir keinen Zwang an."

"Und ähm… Kann man bei Ihnen auf dem Balkon rauchen?"

"Klar."

Ich holte ihm ein Glas aus dem Schrank und eine Flasche Wasser aus dem Kühlschrank. Während er sich einschenkte, kam Pauli in die Küche.

"Wer ist denn angekommen… oh", sagte sie. "Hi Peer."

"Hi Pauli", erwiderte Peer, ohne sie anzusehen. Er machte sich seinen Drink fertig, dann drückte er sich an Pauli vorbei und ging in Richtung Wohnzimmer. Pauli lief rot an und bemerkte es selbst und sah auf den Boden.

"Alles klar bei dir?", fragte ich.

"Ich? Ja. Wieso?"

"Nur so."

Bevor ich weiter nachhaken konnte, klingelte es ein weiteres Mal.

Es dauerte nicht lang und meine Wohnung war propenvoll. Im Kühlschrank gab es bereits nach den ersten Gästen keinen Platz mehr für die Getränke und es musste in der Badewanne "notgekühlt" werden. Wie befürchtet, mussten meinen Teekannen und Kochtöpfe als Blumenvasen herhalten. Die Gäste verteilten sich im Wohnzimmer und auf dem Balkon. Anfangs unterhielten sie sich vorsichtig, aber schnell merkten alle, dass bei dieser Trauerfeier die

Betonung auf Feier lag und wurden lockerer (der Alkohol und die umgehenden Joints halfen sicherlich auch). Es lief Musik von Haris iPod, der in ein iPod-Boxensystem eingestöpselt war, das mir Pauli besorgt hatte.

Um Viertel nach Vier traf dann Miri ein. Obwohl sie ein Kuchenblech trug, kam sie förmlich die Treppen hochgerannt. Als sie im Treppenhaus um die Ecke kam, sagte sie: "Es tut mir so so so leid, dass ich zu spät bin, Klara!"

"Kein Problem."

"Ich hab mich total in der Zeit vertan und viel zu spät mit dem Backen angefangen, vorher aus den Ofen nehmen, wollte ich den Kuchen aber auch nicht und…"

"Wirklich, Miri, kein Problem! So viel später ist es doch auch nicht. Und du bist sogar noch vor deinem Mann da!"

"Gregor ist noch *nicht* da?"

"Nee."

Miri schüttelte den Kopf. Bei der Wohnung angekommen, nahm ich ihr das mit Alufolie abgedeckte Blech ab und wir gingen gemeinsam in die Küche. Der Kuchen roch fantastisch.

"Hat Gregor Bescheid gesagt, dass er später kommt?"

"Nee."

"Unglaublich!"

Ich stellte das Blech auf dem Herd ab und Miri nahm die Alufolie herunter. Sie hatte einen Kirschkuchen mit Streuseln gebacken - Haris Lieblingskuchen.

"Warum kommt ihr überhaupt getrennt? Er ist doch nicht etwa zum Samstag arbeiten?"

"Ja, nee also… Das musst du ihn selber fragen, Klara. Soll ich den Kuchen schon schneiden?"

"Klar. Warte, ich hol dir ein Messer…"

In diesem Moment kam Lotte mit Lukas im Arm in die Küche. So wie bei mir ein paar Stunden zuvor, breitete sich jetzt das strahlendste Lächeln auf Miris Gesicht aus.

"Na wenn das nicht der schönste Junge der Welt ist!"

Sie ging hinüber zu den beiden und nahm den Kleinen ihrer Tochter ab.

"Ähm… hallo, Mama?", sagte Lotte. "Ja, freut mich auch, dich zu sehen."

Miri reagierte nicht, sondern streichelte einfach weiter ihrem Enkel über den Kopf. Miri sah mich an und verdrehte ihre Augen. Ich musste schmunzeln.

"Weißt du, ob wir noch Sekt haben, Klara?"

"Also im Kühlschrank nicht. Der ist voller Weißwein."

"Dann nehm ich einfach nen Weißwein und misch den mit Sprudel. Das fällt denen eh nicht auf."

Im Wohnzimmer hatte sich derweil eine Traube um Erika gebildet, die mehr oder weniger peinliche Geschichten aus der gemeinsamen Schulzeit mit Hari erzählte. Die Traube hatte sich allerdings nicht gebildet, weil die anderen Gäste sonderlich an den Geschichten interessiert waren (die waren wirklich nur Neunziger Jahre-Teenage-Standard), sondern vielmehr, weil Erika diese, besoffen wie sie war, auf total theatralische Weise erzählte, was der ganzen Show etwas unfreiwillig Komisches gab. Sie schwankte zwischen halb-hysterischem Lachen und bizarren Tränenausbrüchen; fuchtelte dabei zusammenhangslos mit ihren Händen in der Luft herum, was dafür sorgte, dass sich an ihrer Bluse ein Knopf nach dem anderen öffnete. Die anderen Gäste kamen nicht umhin, hinter vorgehaltener Hand zu kichern oder sich vor lauter Fremdschämen gleich ganz auf den Balkon zu verziehen. Ich fand's aber eigentlich ganz herzerwärmend. Erika holte gerade nochmal aus und erzählte von Haris erstem Schwarm (Timm), als es noch einmal an der Tür klingelte. Es war mittlerweile kurz vor 19 Uhr. Schon an der Art wie Gregor die Treppe nach oben kam, konnte ich hören, dass er nicht in bester Verfassung war. Er schnaubte und hielt immer wieder mal an.

"Hi", sagte er, als er mich sah. Er blickte mir nur kurz in die Augen, dann sah er wieder auf den Boden.

"Hallo."

"Tschuldige dass ich so spät bin, Klara."

Ich nickte.

"Warst du noch arbeiten?"

"Ich? Nee. Hat's Miri nicht erzählt?"

"Was erzählt?"

Gregor winkte ab.

"Egal. Darf reinkommen?"

Wir gingen in die Küche und ich machte Gregor eine Weinschorle.

"Schon einiges los hier…"

"Naja, ist ja auch schon abends."

"Ganz schön laut für ne Trauerfeier, findest du nicht?"

Ich war irritiert und mir war nicht ganz klar, was er mir damit sagen wollte.

"Meinst du, die Nachbarn werden die Polizei rufen oder warum sagst du das?"

"Ich mein ja nur…"

"*Was* meinst du nur?"

"Nichts, Klara. Herrgott! Kann man nirgendwo mehr was sagen!"

Ich gab ihn sein Glas, dann ging ich zurück ins Wohnzimmer. Ich war nicht in der Stimmung, mich mit ihm zu streiten. Gregor kam mir hinterher. Lotte kam herüber, um Gregor zu begrüßen; ich ging auf den Balkon, um mir eine Zigarette zu schnorren.

Als ich den Balkon betrat, hörte ich Peer zu Pauli sagen: "Okay. Dann vielleicht bis später?"

"Ja, vielleicht."

Als Peer mich sah, sagte er: "Es war wirklich schön, Frau Weiss."

"Gehst du schon?"

"Ja, ich muss leider weiter. Hoffentlich sehen wir uns irgendwann einmal wieder."

"Bestimmt, Peer. Pass auf dich auf."

Ich teile mir mit Pauli eine Zigarette und hörte der Musik zu, während Pauli mit einer Arbeitskollegin sprach. Nach ungefähr zehn Minuten - wir hatten gerade eine weitere Zigarette angezündet - hörte ich, wie sich Gregor und Miri im Wohnzimmer lauthals unterhielten.

"An was soll ich denn *noch* alles denken?", fragte Gregor.

"An was *noch* alles? An was denkst du überhaupt?"

Ich gab Pauli die Zigarette zurück und ging hinein zu den beiden.

"Alles klar bei euch?", fragte ich.

"Jaja, alles klar bei uns…", erwiderte Gregor.

"Gregor hat den Kindersitz für Lukas vergessen, obwohl ich ihn heute *drei Mal* daran erinnert habe."

"*Verdammte Scheiße!*", schrie Gregor plötzlich total cholerisch. Die Gäste wurden still und drehten sich zu Gregor um. "Jedes bekloppte Taxi hat nen Kindersitz! Hättest du halt selbst dran denken müssen, wenn es dir so wichtig ist, die Kinder mitzunehmen!"

"*Hey!*", riefen Miri und ich gleichzeitig. Dann ich allein: "Reiß dich mal zusammen, okay? Das ist die Trauerfeier deiner Tochter!"

Lotte kam zu uns herüber.

"Was ist denn hier los? Papa, alles klar bei dir?"

"Nichts ist hier los!", schrie Gregor. "*Ach scheiße!*"

Gregor drückte sich an den Gästen vorbei in Richtung Küche. Miri, Lotte und ich sahen ihm hinterher und uns danach verwirrt an.

"Was ist denn mit *dem* schon wieder los?", fragte Lotte.

"Ich weiß es auch nicht…", erwiderte Miri und schüttelte mit dem Kopf. Dann sagte sie: "Okay. Dann werd ich den Kindersitz wohl holen müssen."

Ich überlegte kurz, ob ich ihr irgendwie helfen konnte, aber mir fiel nichts ein, außer einen neuen Kindersitz zu kaufen, aber wo bekam man einen neuen Kindersitz zum Samstag um diese Uhrzeit her? (Ich war betrunken.)

"Soll ich mitkommen, Mama?"

"Nee nee, bleib ruhig hier. Aber ich verabschiede mich schon mal von dir, Klara. Ich glaub nicht, dass ich dann nochmal hoch komme.

154

"Danke, dass du da warst, Miri."

"Danke für die Einladung. Es war wirklich schön. Hari hätte sich bestimmt darüber gefreut."

"Danke."

Ich brachte Miri noch zur Tür, dann ging ich in die Küche, um mir noch eine Weinschorle zu machen. Pauli stand mit einer Freundin am Fenster. Sie waren mir mit dem Rücken zugewandt, flüsterten und schienen an irgendetwas herumzufummeln.

"Was macht ihr denn da?", fragte ich.

Die beiden zuckten zusammen und drehten sich zu mir um.

"Oh", sagte Pauli. "Hi Klara! Ähm… nichts?"

"*Ähm nichts?* Hör mal, Pauli: Die Sache mit Hari hat mir bestimmt mein Gehirn zerschossen, aber ganz verblödet bin ich noch nicht."

"Also nee… wir machen wirklich nichts, Klara."

"Pauli…!"

"Ach… okay. Wir haben nur ein wenig MDMA gedippt."

"MDMA *gedippt*? Du meinst Ecstasy?"

"Ähm… ja."

"Wird man davon nicht… hibbelig?"

"Naja, ein wenig. Aber man bekommt auch ein ganz warmes Gefühl in der Brust und… nun ja, das ist vielleicht ganz schön und passend jetzt."

"Ach?"

"Ja."

Ich nahm einen Schluck von der Weinschorle (meine zehnte an diesem Tag?), dann sagte ich: "Lass mich mal probieren."

Pauli und ihre Freundin sahen sich an und mussten kichern. Dann hielt mir ihre Freundin den Beutel hin.

"Einfach nur den Finger anlecken und rein damit."

"Und dann?"

"Dann den Finger in den Mund."

"Vielleicht sollte ich mir vorher die Hände waschen…"

"Klara, komm jetzt."

Ich tat, wie mir aufgetragen wurde.

"Aufpassen! Vielleicht nicht ganz so viel, Frau Weiss!"

Aber dann war es auch schon zu spät und ich hatte den Finger abgeleckt und geschluckt.

"War das *viel* zu viel?"

"Naja, nee. *Viel* zu viel nicht. Aber wundern Sie sich nicht, wenn sie in ner Stunde total unscharf sehen."

Ich rauchte noch eine Zigarette mit den Mädchen, dann ging ich zurück ins Wohnzimmer. Erika winkte mir zu und ich ging zu ihr hinüber. Sie hatte mittlerweile ordentlich Einen sitzen und dazu auch noch einen Schluckauf.

"Frau Weiss, also ich muss… *hicks* echt sagen, dass ich die Entscheidung *hicks* mit der Urne total geil finde! Scheiß auf Friedhöfe! So ist das viel *hicks* cooler! Hari würde das auch cool finden."

"Ähm… danke."

"Auf Hari!"

"Ja… auf Hari."

Wir stießen an. Von der ruckartigen Bewegung verlor Erika allerdings das Gleichgewicht, weswegen sie sich auf die Couch fallen ließ. Dabei verschüttete sie das Glas auf der Rückenlehne. Mir war es egal, da es nach fast 20 Jahren mit der Couch sowieso langsam Zeit für eine neue wurde.

"Oh Gott- das tut mir so leid, Frau *hicks* Weiss."

"Mach dir keine Gedanken, Erika."

Ich setzte mich neben sie und wir unterhielten uns eine Weile. Sie berichtete mir von ihrem Leben, dann wollte sie mehr über meine Bücher erfahren. Zunächst sträubte ich mich, ließ mich aber breitschlagen und erzählte ihr von den Abrahams-Büchern, von *Die Geisseln Mekkas* und sogar vom Bouboulina-Buch. Es war das erste Mal, dass ich seit Haris Tod mit jemanden über das Buch reden konnte. Ja, sogar über das Buch reden *wollte*! Die Worte sprudelten nur so aus meinem Mund und ich konnte gar nicht mehr aufhören zu reden. Auch breitete sich ein ganz wohliges Gefühl in meiner Brust aus. Ich wollte Erika danken, dass sie Hari eine so gute

Freundin gewesen war, sie umarmen und noch mehr umarmen und dann... dann realisierte ich, dass ich von diesem MDMA total high war!

Irgendwann klingelte es an der Tür und auch Lotte, Konrad und der kleine Lukas machten sich auf den Weg. Ich brachte die drei zur Tür.

"Danke für die schöne Feier, Klara."

"Danke, dass du - dass *ihr* - extra aus dem fernen Wien dafür angereist seid."

"Na, aber hör mal, Klara: Alles für unsere Hari. Alles!"

"Ich komm euch mal besuchen. Versprochen!"

"Das möchte ich aber auch stark hoffen! Mit ein bisschen Glück haben wir dann auch ne größere Wohnung gefunden und du kannst bei uns pennen. So wie der Markt aber momentan aussieht, wird das noch ne Weile dauern."

"Passt gut auf euch auf, ja!"

"Machen wir!"

"Machen Sie's gut, Frau Weiss", sagte Konrad, schulterte die zwei Taschen und ging voran.

Ich sah den Dreien hinterher. Kurz bevor sie das Haus verließen, fing der kleine Lukas noch einmal an zu schreien.

Ich ging in die Küche und sah, dass auch Pauli und ihre Freundin sich ihre Jacken anzogen.

"Machst ihr auch schon los?"

"Ja. Wir werden noch woanders auf Hari anstoßen. Hoffe, das ist okay für dich?"

"Klar. Tut euch keinen Zwang an. Aber übertreibt's nicht mit der Feierei, ja?"

"Wir doch nicht!"

Pauli gab mir einen Kuss auf die Wange. Als sie an der Tür war, sagte ich: "Ach, und Pauli..."

"Ja?"

"Sag mal, kannst du mir vielleicht deine Zigaretten da lassen?"

"Klaro."

Pauli gab mir ihre Schachtel. Dann gab sie mir noch einen Kuss, bevor auch sie die Wohnung verließ. Und dann, keine zehn Minuten später, waren alle Gäste gegangen und nur noch Gregor war da. Er saß auf der Couch, hatte ein leeres Weinglas in der Hand und betrachtete die Urne. Ohne mich anzuschauen, sagte er: "Ich kann's immer noch nicht glauben, dass wir sie nicht beigesetzt haben..."

"Ach Gregor... willst du sie beisetzen? Wenn du unbedingt willst, dann machen wir's."

"Nein, nein. Ehrlich gesagt, find auch ich's auch besser so. Dann hab ich wenigstens einen Grund, öfter mal bei dir vorbeizuschauen"

Ich nahm mir die ersten Teller und stapelte sie.

"Und? Hast du dich wieder beruhigt?"

"Entschuldige, Klara. Keine Ahnung, was in mich gefahren ist."

"Entschuldige dich lieber bei deiner Frau."

Gregor nickte.

"Brauchst du Hilfe?"

"Naja, schlecht wäre es nicht."

Gregor und ich brachten das Geschirr in die Küche und ich machte die erste Ladung für den Geschirrspüler fertig. Gregor öffnete eine weitere Flasche Wein und schenkte uns zwei Gläser ein. Wir setzten uns an den Küchentisch. Ich holte Pauli Zigarettenpackung aus der Hose und öffnete sie.

"Seit wann rauchst du denn wieder?"

"Seit heute."

Ich schüttelte die Packung. Es fielen ein paar Zigaretten sowie die Tüte mit dem letzten Rest von diesem MDMA heraus.

"Was ist denn *das*?", fragte Gregor.

"Die Drogen deiner Tochter. Ecstasy."

"Bitte *was*? Von *Pauli*?"

"Willst du nochmal ausrasten? Tu dir keinen Zwang an. Einmal pro Tag ist keinmal pro Tag."

"Ich glaub, ich *spinn*!"

"Jetzt beruhig dich, du Idiot!"

Ich öffnete die Tüte und dippte ein weiteres Mal.

"Klara, was ist denn mit *dir* los? Bist du verrückt geworden?"

"Keine Sorge. Ich hatte vorhin schon was davon."

"Du hattest *was*?"

Ausnahmsweise *tat* Gregor dieses Mal nicht nur echauffiert, sondern war es wirklich.

"Probier auch mal. Vielleicht bekommst du davon ein bisschen bessere Laune."

"Den Teufel werd ich tun! Was ist nur los mit dir?"

"Was ist nur los mit *mir*? Was ist los mit *dir*? Wir wollten heute Hari gedenken und was machst du? Brichst einen Streit nach dem anderen vom Zaun!"

"Ich, ich… ach scheiße!"

Gregor nahm sich den Beutel, schüttete sich etwas auf die Handfläche und leckte es ab.

"*Igitt!* Ist das normal, dass das Zeug so bitter schmeckt oder ist das schlecht?"

"Was weiß ich denn? Denkst du, ich bin Ecstasy-Experte?"

"Naja, so wie du hier das Zeug an den Mann bringen willst…"

"Hör mal, Gregor: Mir ist schon klar, dass das alles schwierig für dich ist. Aber was glaubst du, wie's mir geht? All ihre Freunde zu sehen, die das ganze Leben noch vor sich haben und dabei so toll und so hoffnungsvoll sind, und zu wissen, dass unsere Hari nicht mehr da ist? Hm? Denkst du, der Tag heute war leicht für mich?"

Gregor spielte mit der Tüte herum und überlegte. Dann erwiderte er: "Nein, ich… natürlich nicht, Klara. Und ich bin dir auch unendlich dankbar, dass du die Feier organisiert hast. Ich hätte es nicht fertig gebracht. Ich kann immer noch nicht richtig…"

Die Tränen stiegen in seinen Augen auf, aber er konnte sich beherrschen, sie nicht rauskullern zu lassen.

"Klara, ich… kann ich dir was sagen?"

"Wo du schonmal hier bist…"

"Miri und ich lassen uns scheiden."

"Oh", sagte ich. "Das tut mir leid. Aber kann nicht sagen, dass mich das überrascht. So wie du sie die Jahre über behandelt hast."

"Naja, über die Jahre ist vielleicht übertrieben. Aber ja: Das letzte Jahr war ich nicht gut zu ihr."

Die ersten Monate nach Haris Tod war Gregor der stabilere von uns beiden gewesen, aber irgendwann im Herbst brach er während einer Vorlesung zusammen. Als er wieder zu sich kam, gab er nur Wirres von sich und kurz befürchte man, er hätte einen Schlaganfall erlitten. Am Ende war es nur ein schwerer Nervenzusammenbruch (*akute Belastungsreaktion*) gewesen, was aber auch schon schlimm genug war. Er nahm sich ein paar Wochen Auszeit, aus denen am Ende ein paar Monate wurden. In den Monaten zu Hause muss er unausstehlich zu Miri gewesen sein, die sich wirklich alle Mühe mit ihm gegeben hatte, verständnisvoll und geduldig war. Es verging kaum ein Tag, an dem Gregor Miri nicht wegen irgendeiner Lappalie anschrie oder Kleinkind-mäßig Geschirr durch die Gegend schmiss. Pauli hatte ein paar Mal angedeutet, dass ihre Mutter keine Lust mehr die Ehe hatte, aber zuversichtlich war, dass, sobald Gregor aus der schlimmsten Trauerzeit heraus sei, sich ihre Beziehung wieder zum Positiven verändern würde. Aber die Beziehung wurde nicht besser, eher sogar noch schlechter.

"Keine Chance es zu kitten?"

Gregor schüttelte den Kopf.

"Willst du es nicht mal probieren?"

"Ist nicht so, dass ich es nicht versucht habe, Klara. Aber ich befürchte, unsere Lebensentwürfe für den sogenannten Lebensabend gehen zu weit auseinander."

"Was soll das heißen?"

"Miri will nach Wien, um näher bei Lotte und dem Kleinen zu sein."

"Du willst nicht mit?"

"Ich mag meine Arbeit und ich mag die Uni. Warum sollte ich wechseln? Pauli ist in Berlin, du bist in Berlin, die paar anderen Freunde, dich ich noch hab, sind ebenfalls hier. Warum sollte ich umziehen?"

"Weil deine Frau es will und du bei ihr sein möchtest? Hattest du mir und Johannes damals nicht großspurig unterstellt, dass wir unser ganzen Leben nur an uns gedacht hätten? Jetzt sieh dich an! Aber lassen wir das…"

"Ja. Lassen wir das. Ich hab wirklich keine Lust über diesen Abend zu reden. Ich will nie mehr über diesen Abend…", aber diesen Satz bekam er nicht fertig. Er ließ sein Gesicht in seine Hände fallen und fing an zu weinen. Er weinte so laut, wie ich ihn im ganzen Leben noch nicht hatte weinen hören, und auch ich musste weinen. Ich nahm mir meinen Stuhl und setzte mich neben ihn. Ich streichelte ihm über die Haare und legte meinen Kopf auf seine Schulter und wir weinten zusammen. Nach ein paar Minuten sagte er: "Klara… ich… warum musste ich mich damals nur mit Hari…?"

"Es ist nicht deine Schuld, Gregor."

"Ach, Klara…"

Dann weinte er weiter und auch ich weinte weiter. Wir hatten unsere Tochter verloren und nichts würde je wieder schön sein. Nicht richtig schön, so wie es mit ihr war. Nie wieder würden wir mit ihr an einem Sommerabend spazieren gehen, nie wieder würden wir uns im Winter mit ihr unter eine Decke kuscheln. Nie wieder würde sie einen Freund mitbringen und nie würde sie selbst Kinder bekommen. Unsere Hari war tot und nichts würde je wieder schön sein. Gregors und meine Tränen wurden zu einer gemeinsamen Pfütze auf dem Tisch. Ich streichelte ihn und versuchte ihn zu beruhigen und er streichelte mich und versuchte mich zu beruhigen. Dann drehte er seinen Kopf und wir küssten uns. Ich wusste nicht, wie mir geschieht und zu jeder anderen Zeit hätte ich ihn vermutlich weggestoßen und gefragt, ob er spinnt, aber in diesem Moment wollte ich ihn nicht wegstoßen, sondern ich wollte ihn küssen. Ich zog sein Hemd aus und er knöpfte meine Hose auf. Ich versuchte meine Hose während des Küssens auszuziehen, aber stellte mich zu dämlich an, kippte mit dem Stuhl um und Gregor fiel auf mich drauf. Er zog meine Hose runter und ich seine bis zu den Knien und dann schliefen wir miteinander. Durch das MDMA fühlte ich mich gleichzeitig außerhalb meines Körpers sowie am tiefsten drin. Ich hatte seit Jahren keinen Sex gehabt, aber kam in nur wenigen Minuten. Irgendwann wurde uns der Küchenboden zu hart und wir schafften es auf meine Couch und machten dort weiter. Ich kam ein zweites Mal und irgendwann kam auch Gregor. Ich brauchte eine Weile, bis ich fassen konnte, was wir getan hatten. Und auch Gregor wusste nicht, was über uns gekommen war. Wir saßen nackt nebeneinander und sahen schweigend zum Fenster hinaus. Gelegentlich musste einer von uns lachen, aber meistens schüttelten wir nur ungläubig den Kopf. Irgendwann stand ich auf, holte mein Gras und drehte einen Joint. Obwohl Gregor seit Jahrzehnten nicht gekifft hatte, kiffte er in dieser Nacht mit. Es vergingen Stunden, bis wir in der Lage waren ein Wort zu sagen.

"Denk ja nicht, dass…", brachte ich als Erste heraus.

"Um Gottes Willen! Das war nur ein…"

"So seh ich das auch."

Am nächsten Morgen sollte Gregor, nachdem er Frühstück für uns beide gemacht hatte, wieder in seinen Wagen steigen und zurück nach Hause fahren. Aber in dieser Nacht waren wir noch einmal zusammen, wie wir es vor 30 Jahren gewesen waren. Wir lagen nebeneinander auf der Couch, hörten Haris iPod zu und sahen auf die nächtliche Stadt hinaus. Ich hatte meinen Kopf auf seiner Schulter und irgendwann schliefen wir ein.

Und so vergingen die Jahre. Gregor war ein Jahr später doch mit Miri nach Wien gegangen und hatte ihre Ehe damit gerettet. Auch die Beziehung zwischen Lotte und Konrad hielt und der kleine Lukas entwickelte sich zu einem schönen Jungen. Beruflich verschlug es Lotte ins österreichische Fernsehen und im Jahr 2014 ergatterte sie eine größere Nebenrolle in der Sendung *Vorstadtweiber*. Pauli blieb in Berlin und wechselte so oft den Job, dass ich kaum hinterher kam. 2014 war sie dann vollends selbstständig und hatte einen politischen YouTube-Kanal namens *The Berlin Report*, auf dem sie regelmäßig Interviews mit Politikern, Künstlern und NGOs veröffentlichte. Sie hatte mehr als 100000 Abonennten und lebte hauptsächlich von den Einnahmem, die ihr ihre Fans via PayPal zukommen ließen. Und bei mir verging keine Stunde, in der ich nicht an Hari dachte.

Obwohl mich die Trauerfeier wieder auf den Weg zurück ins Leben gebracht hatte, sollten noch viele Monate ins Land gehen, bis ich wieder arbeiten konnte. Ich hatte das Bouboulina-Buch nie abgeliefert und meine alten Bücher waren längst vergessen, also brannte ich mich durch mein Erspartes, bis nur noch ein kleiner Bruchteil davon übrig war. Aber das war mir egal. Ich brauchte nichts mehr und am Ende war Geld doch sowieso nur dazu da, um durchgebracht zu werden. Meine Ärztin hatte mir immer wieder geraten, meine Gedanke über Hari und ihren Tod niederzuschreiben, aber nichts erschien mir schmerzvoller als das. Aber dann passierte etwas: Am Silvesterabend 2012 gab Haris iPod von einem Moment auf den anderen den Geist auf. Seit ich ihn wiedergefunden hatte, hatte ich fast ausschließlich darüber Musik gehört. Es waren ein paar ältere Sachen drauf (Lou Reed, Dylan), aber das meiste war mir unbekannt gewesen. Manches war beim ersten Versuch unhörbar, aber am Ende gewöhnte ich mich an alles und irgendwann hatte ich sogar Flying Lotus ins Herz geschlossen. Ich fühlte mich beim Hören von Haris Musik ganz nah bei ihr und es war, als hätte sie mir einen geheimen Schatz hinterlassen, der bei jedem Öffnen etwas Neues offenbarte. Ich beschäftigte mich so intensiv mit der Musik, dass ich sogar Excel-Tabellen erstellte, in denen ich die Platten nach Genre sortierte und mit einem simplen Punktesystem geschmacklich bewertete. Aber natürlich musste auch diese Zeit ein Ende finden. Vier Jahre nachdem ich den iPod rauf und runter gehört hatte, ging er plötzlich einfach aus und ließ sich nicht mehr starten. Ich spielte fast eine Stunde lang am Kabel und den Knöpfen herum, aber keine Chance: Der iPod war gestorben. Schnell suchte ich die Aufzeichnungen heraus, um mir die Alben auf verschiedenen Wegen zu kaufen, und hatte Glück: das meiste fand ich tatsächlich online. Während ich mich durch Amazon und iTunes klickte, begann ich Gedanken zu den einzelnen Alben und Künstlern aufzuschreiben; wann ich welche Platte zum ersten Mal gehört und warum ich glaubte, dass sie Hari gefallen hatte; was mich daran an Hari erinnerte und so weiter und so fort. Ehe ich mich versah, wurden aus den Notizen ganze Aufsätze und ich konnte nicht mehr aufhören zu schreiben. Die Sonne ging auf und das Jahr 2013 begann und ich schrieb einfach weiter. Nach ein paar Monaten hatte ich dann tatsächlich so etwas wie das Grundgerüst für ein Memoir fertig. Es ging um meine Arbeit zum Extremismus, den Mittleren Osten, um Gregor und Klaus und mich in der Zeit. Im Kern ging es allerdings um den Verlust meiner Tochter und wie ich damit fertig wurde. Eines Nachts schickte ich meinem Verleger unaufgefordert die erste Version des Manuskripts. Keine 48 Stunden später kam eine Mail zurück mit: *Machen wir!* Schnell ging es aber nicht. Ich brauchte noch ein weiteres Jahr, bis ich es soweit poliert hatte, dass ich zum Großteil damit zufrieden war. Einzigst ein vernünftiges Ende fehlte mir noch.

Im Juli erhielt ich einen Anruf von Pauli.

"Was ist denn mit dir los, Klara. Hab ich dich geweckt?"

"Ich… nein… ja. Wie spät haben wir es denn?"

"13 Uhr."

"Oh… Was gibt's denn, Mäuschen?"

"Du sag mal: Hast du in den nächsten Wochen was vor?"

"Ich? Wieso?"

"Ich flieg nach Israel. Meine Begleitung ist abgesprungen und jetzt hab ich noch ein Ticket über und dachte, vielleicht willst du mitkommen. Johannes freut sich bestimmt."

"Was machst du denn dort?"

"Hast du in den letzten Tagen keine Nachrichten gecheckt? In Jerusalem brennt's und ich will runter, um darüber zu berichten und ein paar Leute zu interviewen. "

Ich hatte in den letzten Tagen keine Nachrichten gecheckt.

"Ich…"

"Magst du mitkommen oder nicht, Klara?"

"Also, das ist wirklich ein verlockendes Angebot…", begann ich und wollte schon dankend ablehnen, da ich wirklich noch voll und ganz in der Arbeit war, aber dann sah ich Haris iPod und daneben die Kette, die mir Hari damals zum Geburtstag geschenkt hatte, und irgendwas machte Klick im Kopf und ich sagte: "Weißt du was, Pauli? Ich komm mit!"

Mir war ein dämlicher Einfall gekommen: Ich würde ihren toten iPod beim Horeb vergraben. Eine letzte große Geste für meine Hari, die gleichzeitig auch ein schöner Abschluss für das Memoir sein würde.

"Super! Ich schick dir gleich noch die genauen Daten."

Drei Tage später trafen wir uns in Tegel. Als wir beim Terminal ankamen, diskutierte eine Gruppe junger Männer lauthals mit einem Mitarbeiter von El Al. Die jungen Männer hatten die selben Strohhüte auf und waren angetrunken. Einer von ihnen war rausgezogen wurden und wurde noch einmal detailliert zu den Eintragungen in seinem Pass befragt. Ich konnte mich an eine Zeit erinnern, in der man sich ein Flugticket kaufte, kurz durch einen Metalldetektor ging und dann ins Flugzeug stieg - am besten das Ganze noch mit einer Zigarette in der Hand. Aber dann kam der 11. September und der hatte alles verändert. Jetzt musste man seine Schuhe ausziehen, sich verhören und sein Handgepäck auf Drogen abschnüffeln lassen, und der ganze Mist dauerte zwei Stunden. Mir tat es leid, dass die Zwillinge und ihre ganze Generation diese Zeit nicht mehr erleben durften, aber so war jetzt es nun einmal, das Rad der Zeit ließ sich nicht zurückdrehen.

"Ey, bitte *was*?", protestierte der größte der Gruppe. "Nur weil der letztes Jahr im Libanon war? Wie dumm ist *das* denn?"

Der Mitarbeiter von El Al ging nicht darauf ein und wies die Gruppe mit gelangweilter Mine an, zur Seite zu treten, aber die jungen Männer dachten gar nicht daran und wurden noch lauter, ohne zu realisieren, dass sie damit ihre Chancen, gemeinsam in den Flieger zu steigen, nur noch weiter verringerten.

"Ey- könnt ihr euch mal woanders beschweren?", rief Pauli. "Hier gibt's noch mehr, die in den Flieger wollen."

"Ja, eine Sekunde", sagte ein anderer und drehte sich zu uns um. Pauli und er stockten kurz. Dann sagte Pauli: "*Max?*"

"*Pauli?* Mensch- das ist ja ne halbe Ewigkeit her!"

"Was macht ihr denn hier?"

"Junggesellenabschied. Und du?"

"Na über die Unruhen berichten."

"Stimmt! Du hast ja jetzt nen YouTube-Kanal. Wie geil!"

"Junggesellenabschied? Habt ihr euch ja ne tolle Zeit ausgesucht."

"Ey- wir haben das schon vor Monaten gebucht. Was können wir denn dafür, dass da schon wieder die Raketen fliegen?"

"Wer von euch heiratet denn?"

"Na, ich!"

"*Du?*", Pauli sortierte kurz ihre Gedanken. "Na dann... ähm... Gratulation?"

"Danke!"

Der größte der Gruppe drehte sich um und gab diesem Max zu verstehen, dass sie alle gemeinsam zu einem anderen Schalter mussten.

"Fuck. Ich muss dann mal. War schön, dich mal wieder gesehen zu haben. Vielleicht laufen wir uns ja in Tel Aviv über den Weg."

"Mal schauen! Mach's gut."

Die jungen Männer gingen weiter und Pauli sah ihnen kurz hinterher. Dann sagte sie: "Ich kann nicht glauben, dass *der* heiratet."

"Woher kennt ihr euch?"

"Mit dem hatte ich mal was."

"Ach?"

"Jaja. Ist auch gar nicht so lang her. Zwei Jahre oder so. Ich kann's echt nicht glauben... Max *heiratet*? What the fuck?"

Pauli schüttelte den Kopf. Wir rückten auf.

"Ich und die Typen, Klara... meine Fresse. Kieran, Peer und jetzt heiratet Max auch noch?"

Ich nickte und wollte gerade sagen, dass ich ihr da auch keine guten Ratschläge geben konnte, aber dann realisierte ich, dass sie gerade Peer gesagt hatte.

166

"*Peer?* Der Peer von Hari?"

Pauli lief rot an und ich sah, wie ihr Kopf durchrechnete, wie sie am Geschicktesten antwortete.

"Ich… also…"

Ihr Kopf schien an diesem Morgen nicht besonders knackig zu arbeiten.

"Fuck…"

"Mir ist es doch egal, mit wem du schläfst. Wenn, dann hättest du das mit Hari ausmachen müssen. Aber ich kann mir nicht vorstellen, dass sie von Peer erwartet hätte, dass er nach ihrem Tod im Zölibat lebt."

"Ja, das… also…", druckste Pauli weiter rum und ich konnte ahnen, woher der Wind wehte.

"Lief schon was zwischen euch, als Hari noch am Leben war?"

"Ich…"

"Echt?"

"Fuck! Ich weiß auch nicht wie das passieren konnte, Klara!", sagte Pauli auf einmal ganz aufgeregt. "Ich wollte es Hari eigentlich zu deinem Geburtstag gestehen, aber dann hatte ich mich auf der Demo verletzt und konnte nicht kommen und dann war sowieso alles egal und… ach, ich weiß auch nicht. Das ist alles so beschissen! Ich fühl mich so dumm deswegen…"

Ich griff ihre Hand.

"Mach dich deswegen nicht fertig, Mäuschen. So ein Mist passiert halt. Das macht dich jetzt auch nicht zu einem schlechten Menschen. Bei diesem Peer bin ich mir allerdings nicht so sicher…"

Pauli lehnte kurz ihren Kopf an meine Schulter, dann gingen wir weiter. Eine Stunde später saßen wir im Flieger, zwei Stunden später waren wir eingeschlafen.

Johannes wartete beim Flughafen auf uns. Obwohl er mir immer wieder aktuelle Fotos von sich geschickt hatte, hatte ich Probleme ihn auszumachen. Er hatte sich einen Schnurrbart stehen und seine Haare schulterlang wachsen lassen; trug über den Knien abgeschnittene Jeans, ein weißes T-Shirt und auf der Nase eine fürchterliche Aviator-Sonnenbrille. Er stand vor seinem neuen Land Rover, und es fehlte wirklich nur noch die Zigarette und das Klischee des Midlife Crisis-Manns wäre perfekt gewesen.

"Wie lange braucht ihr denn, um euer Gepäck abzuholen?"

"Ja, sorry!"

"Oder wurdet ihr verhört?"

"Nicht verhört, aber die Laufbänder sind im Eimer."

"Jo, du siehst voll aus wie L.A.", sagte Pauli und die beiden umarmten sich.

"Danke!"

"Das war kein Kompliment."

"Oh..."

Johannes hatte mich in den ersten zwei Jahren nach Haris Tod alle paar Monate in Berlin besucht und mich fast wöchentlich angerufen. Als ich dann nach und nach zurück ins Leben fand, waren seine Besuche weniger geworden. Und dann war über ein Jahr vergangen, ohne dass wir uns gesehen hatten. Wir umarmten uns fast eine Minute lang.

"Ihr beide seht auf jeden Fall fantastisch aus!"

"Pauli vielleicht..."

"Ach Klara, fishing for compliments much? Aber in der Tat: Ein bisschen Farbe würde dir vielleicht ganz gut tun. Gibt's in Berlin keinen Sommer?"

"Doch, aber..."

"Aber Klara starrt lieber auf ihren Bildschirm, Jo. Weißt du doch."

"Naja, wir werden dich schon ansehnlich bekommen. Bei mir um die Ecke gibt's nen neuen Laden, der macht ne Art Smoothie, von dem wird die Haut echt super und man fühlt sich wie auf Amphetaminen. Einen davon pro Tag und ne halbe Stunde schwimmen und schon siehst du wieder aus wie Zwanzig."

"Vierzig würde mir schon reichen."

Johannes nahm unsere Taschen und verstaute sie im Koffer-raum. Pauli und ich teilten uns derweil eine Zigarette.

"Übrigens Pauli: Es trifft sich ganz gut, dass du hier bist…"

"Ach?"

"Ja. Ich dachte, dass du uns vielleicht für deinen YouTube-Kanal interviewen kannst. Jetzt wo unsere Platte fertig ist und so…"

Im vorigen Jahr war Johannes bei der ARD raus und verbrachte die meiste Zeit mit seiner neuen Band. Im Alter von 58 Jahren hatte er tatsächlich gemeinsam mit zwei Israelis und einem Palästinenser eine Punkband gegründet - The Norman Finkelsteins. Die Musik war inspiriert von der Musik ihrer Jugend - MC5, die Stooges und auch ein bisschen Blondie war dabei. Finanziell musste er sich keine Gedanken machen; von seinem Springer-Geld hatte er sich in den Neunzigern drei Eigentumswohnungen in Berlin gekauft, die er knapp 20 Jahre später für das 10-fache wieder verkaufen konnte.

"*Euch* interviewen?"

"Passt doch gut, oder nicht? Linke, multikulturelle Band aus Tel Aviv… könnte deinem Publikum gefallen."

"Naja, ich überleg's mir, okay?"

"Ich sag's dir: Wenn unsere erste Single erst mal in der Hitparade ist, wirst du's bereuen, uns nicht früher interviewt zu haben."

"*Hitparade.* Lol!"

"Lol dich selbst, Pauli!"

Wir stiegen in den Wagen und fuhren in die Stadt.

Johannes hatte eine abgeranzte Dachgeschosswohnung in Jaffa. Die Wohnung war nur knapp 60qm groß war, verfügte aber über ganze 4 Zimmer (von der Größe meiner Abstellkammer). Ein Zimmer war ein begehbarer Bücherschrank, in einem ande-ren stand ausschließlich ein Chaiselongue und eine weiße Fender Telecaster-Gitarre und im Schlafzimmer nichts außer einer riesigen Matztraze samt Lattenrost, aber ohne Bettgestell. Das Herz der Wohnung war die Wohnküche, in deren Mitte eine Treppe auf die Dachterrasse führte. Wir stellten unsere Taschen ab, dann führte uns Johannes auf die Dachterrasse. Von der Terrasse hatte man einen wahnsinnigen Blick übers Mittelmeer, Jaffa und weiter hinten Tel Aviv. Inmitten der Terrasse stand unter einem Sonnenschirm ein gedeckter Tisch.

"So- was wollt ihr trinken? Ich hab Weißwein, Sprudel und für dich, Klara, auch ne Packung Bananensaft."

"Für Bananensaftweißwein?

"So sieht's aus."

Ich musste lachen.

"Den hab ich ja schon seit Ewigkeiten nicht mehr getrunken."

"Dann wird's Zeit."

Johannes machte uns die Getränke fertig und nach einer halben Stunde war die erste Flasche Wein bereits ausgetrunken. Pauli erzählte gerade von ihren Twitter-Stalkern, als es an der Tür klingelte.

"Erwartest du noch jemanden?", fragte ich.

"Naja, ich hab ja wirklich angefangen, das Kochen zu lernen, aber zum Ottolenghi hab ich's leider noch nicht geschafft. Da ich euch aber was Gutes tun wollte, hab ich bei meinem Lieblingsladen bestellt."

Johannes verschwand und kam fünf Minuten später mit einer riesigen Kiste zurück, die bis obenhin mit Essensschalen gefüllt war. Es gab Shakshuka und Salate, Falaffel und Baba Ganoush, und noch dutzende andere Sachen. Das Essen reichte locker für zehn Personen. Nachdem wir alles auf dem Tisch aufgebaut hatte, öffnete Johannes eine weitere Flasche Wein. Er wollte gerade die Gläser nachfüllen, als plötzlich die Sirenen los gingen.

"Was ist denn *das*?", fragte ich.

Johannes sah in den Himmel und antwortete: "Iron Dome."

Er nahm einen Schluck direkt aus der Flasche, dann stand er auf und sagte: "Wir sollten uns in den Keller aufmachen."

"Ist das dein ernst?"

"Ja. Ziemlich."

Und dann krachte es auch schon das erste Mal. Über Tel Aviv wurde eine Rakete abgefangen. Dann direkt darauf eine zweite.

"Scheiße. Jetzt aber wirklich. Hopp, hopp!"

Pauli sprang auf und ging die Treppen hinunter. Ich hinterher. Bei der Wohnungstür rief Johannes: "Nicht den Aufzug nehmen!"

Wir rannten das Treppenhaus nach unten. Im Erdgeschoss hörten wir eine dritte Explosion. Wir öffneten die Tür zum Keller und gingen hinunter. Dort stand bereits eine junge Frau mit einem Säugling im Arm, sowie eine ältere Frau. Sie unterhielten sich aufgeregt, schienen aber keine Angst zu haben. Bei Pauli und mir war das nicht der Fall; wir hatten weiche Knie. Wir grüßten und die Damen grüßten zurück. Als Johannes den Keller betrat, sagte dir junge Frau: "Ah Joe! Your guests?"

"Yep."

Johannes stellte uns vor und wir smalltalkten eine Weile. Explosionen hörten wir keine weiter und irgendwann hörten auch die Sirenen auf. Wir blieben noch weitere zehn Minuten, dann gingen wir wieder nach oben. Pauli und ich zündeten uns sofort eine Zigarette an.

"Warum ist das denn eigentlich schon wieder so eskaliert?"

Johannes füllte sein Glas wieder auf und nahm einen Schluck. Dann sagte er: "Im Juni wurden drei israelische Teenager in der Westbank entführt und ermordet. Bibi machte die Hamas für die Morde verantwortlich und versprach Vergeltung. Seitdem feuert die Hamas Raketen aus Gaza herüber. Richtig eskaliert ist der Konflikt aber erst vor einer Woche, als ein palästinensischer Teenager in Ostjerusalem entführt und ermordet wurde. Seitdem brennt's in Jerusalem und in Gaza erst so richtig. Jetzt befürchten alle, dass das der Anfang einer dritten Intifada ist, beziehungsweise man sich eigentlich schon mittendrin befindet."

Johannes sah mein leeres Glas.

"Wollt ihr auch noch Wein?"

"Was denkst du denn?", erwiderte Pauli.

"Sei auf jeden Fall vorsichtig, Pauli. So heikel war's seit Jahren nicht."

"Immer."

"Und was ist mit dir, Klara? Du willst nach Ägypten? Was willst du dort eigentlich?"

"Ich will zum Horeb."

"Zum *Mosesberg*? Ist nicht dein ernst, oder?"

"Doch. Ist was Sentimentales."

Johannes musste lachen.

"Dass dich dieser Felsen nicht loslässt... Willst du den Bus nehmen?"

"Nee, ich wollte eigentlich selbst fahren."

"Dann nimm meinen Wagen. Den Wagen über die Grenze zu nehmen, ist ein bisschen zeitaufwendiger. Aber du wirst das schon hinbekommen."

"Ich kann auch nen Mietwagen nehmen."

"Nee. Nen israelischen Mietwagen über die Grenze zu bekommen, kannst du vergessen. Wann willst du denn los?"

"Weiß nicht genau. Irgendwann in den nächsten Tagen.

"Wir spielen übermorgen in Eilat ein Konzert. Dann fahren wir gemeinsam runter, du lässt mich dort raus und machst über die Grenze. Auf dem Rückweg kannst du mich ja wieder einsacken."

"Klingt gut. Aber bist du sicher, dass ich deinen neuen Wagen nehmen soll? Nicht, dass dem irgendwas passiert."

"Dem Landi was passieren? Der ist brandneu und fährt fast von allein. Das ist ein halber Panzer, Klara. Dem wird in den nächsten fünfzig Jahren nichts passieren."

Am nächsten Morgen brach Pauli nach Jerusalem auf. Johannes und ich verbrachten den Tag am Strand. Es war Jahre her, dass ich geschwommen bin. Am Morgen schaffte ich keine fünf Minuten, bevor mein Herz anfing zu rebellieren, aber am Ende des Tages ging es schon wesentlich besser. Johannes erzählte mir, dass er im vorigen Jahr eine Beziehung mit einer Vietnamesin hatte, die aber nur ein paar Monate hielt. Er fragte sich, ob er es überhaupt noch einmal wagen sollte, eine Beziehung einzugehen oder ob sich das langsam aber sicher für ihn erledigt hätte. Ich sagte ihm, dass ich ebenfalls nicht planen würde, mich noch einmal zu verlieben und wir schlossen einen Pakt, dass wenn wir mit 65 noch Single sind, einfach wieder zusammen ziehen würden.

Am Tag darauf fuhren wir schon um 4:30 Uhr los, damit ich nicht zu spät bei der Grenze ankam. Und tatsächlich: Halb 9 ließ ich Johannes in Eilat raus und kurz vor 9 war ich dann auch bereits am Taba Crossing. Dennoch brauchte ich fast drei Stunden, bis ich die Grenze nach Ägypten überquert hatte. Obwohl ich alle Papiere bei mir hatte, machte der Wagen mehr Probleme als ursprünglich angenommen. Während ich in der Hitze wartete, dass die Beamten die Papiere überprüften, sah ich einen Reisebus nach dem anderen die Grenze überqueren und musste den Kopf über mich selbst schütteln. Irgendwann schaffte ich es dann aber doch und es ging weiter.

Die Straßen in Ägypten waren kaputt und leer und das Fahren angenehm. Ich hatte die Klimaanlage ausgestellt, dafür aber die Fenster unten und ließ mich vom Wind abkühlen. Es ging zunächst immer am glitzernden Golf von Akaba entlang, bis ich kurz hinter Nuweiba ins Landesinnere abbog. Es dauerte nicht lang und ich konnte den höchsten Gipfel der Sinai-Halbinsel sehen - den Katharinenberg. Und dann, kurze Zeit später, sah ich dann auch den Mosesberg, dem Berg Sinai, den Horeb. Ich konnte es nicht glauben: Nach all den Jahrzehnten hatte ich es wirklich geschafft. Nicht mehr lang, dann würde ich den Horeb besteigen. Ein ganzes Leben hatte es gedauert, aber jetzt war es endlich… doch dann tat es einen ersten Knall. Der Wagen tat einen Schlenker auf die Mitte der Fahrbahn, aber ich behielt ihn unter Kontrolle. Dann tat es einen zweiten Knall und kurz darauf einen dritten und einen vierten. Auf einmal schoss weißer Rauch unter der Motorhaube hoch und vernebelte mir die Sicht. Dann tat es einen fünften Knall, der Wagen zog nach rechts weg und ich kam von der Straße ab. Ich wollte gerade die Handbremse ziehen, aber dann war es schon zu spät und ich war gegen einen Felsen geknallt.

Die Sonne war mittlerweile vollends verschwunden und über der Wüste breitete sich der hellste aller Sternenhimmel aus. Ich drückte die Zigarette an einem Stein aus und steckte Haris iPod wieder ein, dann ging ich weiter. Die Temperaturen waren gefallen, das Gehen dadurch leichter. Ich nahm einen Schluck Wasser und plötzlich vibrierte es in meiner Hose. Ich hatte wieder Netz! Ich holte mein Telefon heraus und rief Johannes an. Es klingelte ungefähr zwanzig Mal, bis er endlich ran ging.

"Klara? Was gibt's? Alles klar bei dir?"

"Du… nee. Ich…"

"Was ist los?"

"Ich hab deinen Land Rover gegen nen Felsen gesetzt."

"Du hast einen *Unfall* gebaut?"

"Ich befürchte… ja."

"Und was ist mit dir? Hast du dir was getan?"

"Nee. Mit mir ist alles in Ordnung."

"*Oh Mann!* Ein Glück!"

"Aber keine Ahnung, was mit deinem Wagen ist…"

"Der Wagen ist doch egal, Klara! Wo bist du?"

"Genau weiß ich's nicht. Aber ich bin mir ziemlich sicher, dass ich dort hinten Nuweiba sehe. Wie weit die Stadt weg ist, kann ich aber nicht sagen. Ein paar Stunden zu Fuß?"

"Okay. Folgendes: Versuch ein Taxi zu bekommen, das dich in die Stadt bringt. Ich nehm den Wagen von einem meiner Kollegen und komm dich abholen. Ein paar Stunden wird's aber dauern."

"Du musst mich nicht abholen kommen, Jo. Ich kann auch den Bus…"

"Jajaja. Schreib mir, sobald du in Nuweiba bist, okay?"

"Na gut."

Gegen Mitternacht hatte ich es dann nach Nuweiba geschafft. Ich ging zu einem Hotel am Strand und setzte mich an einen freien Tisch. Ich bestellte ein Glas Weißwein, ein Glas Bananensaft und eine Packung Zigaretten. Dann ließ ich mir vom Kellner noch einen leeren Notizblock sowie einen Bleistift geben und begann zu schreiben.

*

Am frühen Morgen stand Johannes vorm Hotel. Er war in einem schrottigem Mazda gekommen, der irgendwie viel besser zu ihm passte als dieser nigelnagelneue Land Rover. Er sah müde aus, aber vermutlich nicht so müde wie ich, und hatte ein breites Grinsen auf dem Gesicht.

"Klara, ey- dass man dir aber auch nichts anvertrauen kann. Der arme Landi!"

"Sorry, Jo. Wie war euer Auftritt?"

"Ach- ganz gut. Waren bestimmt so zwanzig Leute da."

"*Zwanzig?* Das klingt jetzt aber nicht sonderlich viel."

"Wir gelten noch als Geheimtipp."

"Scheint sehr geheim zu sein."

Wir stiegen ein und fuhren los. Es dämmerte bereits. Johannes stellte das Radio an. Es lief *Amelia* von Joni Mitchell und ich begann mitzusingen und nach ein paar Zeilen stimmte auch Johannes mit ein. *I dreamed of 747s over geometric farms. Dreams Amelia, dreams and false alarms.* Nachdem das Lied zu Ende war, sagte ich: "Danke, Jo."

"Für was?"

"Dass du mich abgeholt hast."

"Denkst du, ich lass dich in der Wüste zurück?"

"Und dafür, dass du auch sonst immer für mich da warst. Für mich und Gregor und Hari."

"Was bist du denn so sentimental am frühen Morgen? Hat dich die Wüstenwanderung so erschöpft?"

"Halt die Klappe und akzeptier's einfach."

"Na gut."

"Und sag mal, Jo…"

"Ja?"

"Versprichst du mir, dass du immer mein Freund bleibst?"

"Ich versprech dir, dass ich immer dein Freund bleibe, Klara. Und jetzt schlaf ne Runde."

Ich kurbelte die Fensterscheibe herunter und sah auf den Golf von Akaba hinaus. Ich musste an Moses denken und an diese irre, seltsame und wunderschöne Zivilisation, die aus ihm heraus entstanden war, und ich fragte mich, welche Welt wohl entstanden wäre, hätte er an jenem Tag nicht die zehn Gebote am Horeb entgegen genommen. Ich musste an die Besetzung der Großen Moschee denken und an die Army of God, an die israelischen Teenager im Westjordanland und an die palästinensischen Teenager in Ostjerusalem, und daran, wie wir alle nur in die Welt geworfen sind und versuchen, so gut wie möglich durchzukommen. Ich musste an Gregor denken und an Klaus und daran, dass ich Klaus nie erzählt hatte, dass Hari gestorben war. Es waren beinahe 20 Jahre vergangen, seit ich ihn das letzte Mal gesprochen hatte - ein ganzes Leben. Ich fühlte Haris iPod in meiner Hosentasche und dachte, *na gut, dann behalt ich dich eben.* Ich würde das Memoir auch fertig bekommen, ohne den iPod am Horeb vergraben zu haben. Haris Tod hatte mein Herz gebrochen und es würde für immer gebrochen bleiben. So war es nunmal, wenn man den wichtigsten Menschen seines Lebens verliert. Es gab dafür keine Heilung und besser wurde es auch nicht. Man lernt nur damit zu leben. Und dann musste ich noch einmal an das Horeb-Buch denken, das ich mit Ende Zwanzig begonnen hatte, das aber einfach nicht zusammen gekommen war. Vielleicht war jetzt eine gute Zeit, es erneut zu versuchen, dachte ich. Und wenn es auch dieses Mal zusammenkam, nun, dann vielleicht im nächsten Leben.

Auf der anderen Seite des Golfs ging langsam die Sonne auf und es dauerte nicht lang und ich war eingeschlafen.

Daniel Bock, Jahrgang 1985, mit einem Glas
Saft in Woodstock, NY, USA.

danielbockisover.com
kunstundkapitalismus.com

set the lake on fire